# LES

# EAUX DE VERSAILLES

PAR

## M. J.-B. FLUTEAU

Médecin principal de 1re classe

ET

## M. G. CARLIER

Médecin-major de 2e classe
Lauréat de l'Institut et de l'Académie de médecine

PARIS

LIBRAIRIE J.-B. BAILLIÈRE ET FILS

19, Rue Hautefeuille, près le boulevard Saint-Germain

—

1900

Tous droits réservés.

# LES
# EAUX DE VERSAILLES

CORBEIL. — IMPRIMERIE ÉD. CRÉTÉ.

# LES

# EAUX DE VERSAILLES

PAR

## M. J. B. FLUTEAU

Médecin principal de 1re classe

ET

## M. G. CARLIER

Médecin-major de 2e classe
Lauréat de l'Institut et de l'Académie de médecine

PARIS

LIBRAIRIE J.-B. BAILLIÈRE ET FILS

19, Rue Hautefeuille, près le boulevard Saint-Germain

1900

# LES EAUX DE VERSAILLES

Par M. **J.-B. Fluteau**,

Médecin principal de 1re classe,


Et M. **G. Carlier**,

Médecin-major de 2e classe.
Lauréat de l'Institut et de l'Académie de médecine

Les eaux que l'on boit à Versailles sont distribuées par le *Service des Eaux de Versailles, Marly, Meudon, Saint-Cloud.*

Ce sont : 1° des eaux provenant des puits de Croissy-Marly et qu'élève la célèbre machine de Marly ; 2° des eaux recueillies sur les plateaux qui s'étendent de Rambouillet à Palaiseau, où elles s'accumulent dans des dépressions plus ou moins naturelles, improprement appelées étangs : 3° des eaux de sources, dites sources de Colbert, peu importantes comme débit, mais réservées pour l'alimentation d'un certain nombre de fontaines disséminées sur la voie publique.

Le temps n'est pas encore éloigné où les eaux de Versailles tiraient en majeure partie leur origine de la Seine, à Bougival. Ces années dernières, de sérieuses tentatives ont été faites pour substituer à l'eau du fleuve, de l'eau puisée dans des puits et élevée par la Seine, utilisée, cette fois, seulement comme force motrice. Nous aurons à nous demander si l'eau de Seine a disparu en totalité des conduites et réservoirs et si sa disparition est définitivement acquise.

Il nous reste à mentionner, pour être complets, les quelques puits qui existent dans plusieurs maisons des quartiers bas de la ville, entre autres aux environs de la rue Maurepas. Mais l'exploitation de ces puits a été complètement abandonnée pour les usages domestiques. La nappe d'eau qui les alimente, peu profonde, est facilement contaminée par les infiltrations provenant des fosses d'aisance, qui, en dépit des arrêtés du maire, ne sont pas toutes étanches. Nous en connaissons, pour notre part, qui n'ont jamais été vidées et n'ont jamais besoin de l'être, tellement leurs parois sont loin de répondre aux conditions d'étanchéité reconnues indispensables.

Toutes ou presque toutes les maisons possèdent actuellement des robinets alimentés par le service des eaux.

Dans les casernes, il n'existe pas de puits fournissant encore de l'eau pour la consommation des troupes. De son côté, le Domaine des Eaux ne possède pas en ville un seul puits en exploitation. L'alimentation par les puits des particuliers est donc une question sur laquelle nous n'aurons pas à revenir, puisque l'usage de l'eau qu'ils pourraient fournir, en quantité d'ailleurs des plus restreintes, est aujourd'hui abandonné.

Chacun des autres éléments susceptibles de concourir à l'alimentation de Versailles, pris isolément, est insuffisant pour répondre à tous les besoins d'une façon permanente. Cela n'est pas douteux pour les eaux de source, mais en ce qui concerne les deux éléments les plus importants, l'eau fournie par les puits de Croissy-Marly et l'eau provenant des étangs, la question a fourni matière à controverse. Suivant le rendement des puits ou des étangs, le Service est obligé de recourir tantôt aux uns, tantôt aux autres, le plus souvent à tous à la fois. La plupart du temps, c'est un mélange de l'eau des puits et de l'eau des étangs que l'on boit à Versailles. Dans quelles proportions se fait le mélange et surtout quelles sont les qualités de ce mélange, c'est ce qu'il est important, avant tout, de savoir.

A différentes reprises en 1896-97, outre les réservoirs, aqueducs et rigoles, nous avons visité tous les étangs et les puits, et, sans négliger les résultats déjà acquis à la suite d'analyses chimiques (1), l'un de nous a spécialement étudié au point de vue bactériologique les eaux que fournissent la nappe souterraine de Croissy, les puits de la machine de Marly et le système des étangs (2). Après avoir examiné les parties accessibles du service, puis rapproché et comparé les données obligeamment fournies par le service compétent, nous pensons être en mesure d'émettre, à notre tour, un avis motivé sur la qualité des eaux distribuées en ville, aux habitants et à la garnison. Mais, pour l'exposé des résultats, procédons comme il convient, du simple au composé.

1° **Eau des puits**. — Actuellement, les puits qui fournissent de l'eau à Versailles sont au nombre de quatre, placés tous sur les bords de la Seine, non loin de la machine de Marly. Deux se trouvent sur la rive gauche du fleuve, au centre même de l'établissement hydraulique de la machine : ce sont les puits de Marly ou de la Machine, encore appelés puits de Bougival, parce que l'établissement de Marly est situé sur le territoire de la commune de Bougival. Les deux autres puits, postérieurs en date aux précédents, occupent en amont, sur la rive droite de la Seine, un point placé sur le territoire de la commune de Croissy, immédiatement à l'extrémité et à gauche du pont qui relie, en traversant l'île de la Chaussée, Bougival à Croissy.

*Puits de Croissy*. — Deux hangars en bois, recouverts d'un toit bitumé, placés dans un terrain plat, non cultivé, long d'environ 250 mètres et large de 40 mètres, situé à

(1) Nous citerons en particulier les nombreuses analyses dues à M. le pharmacien principal Lacour et celles de M. Rabot, docteur ès sciences.

(2) M. Carlier.

l'angle de l'avenue des Ponts et du quai de l'Écluse, abritent les puits avec leurs pompes et les trois machines à **vapeur** employées à leur exploitation.

Le forage du premier de ces puits est de date récente, il a seulement été achevé en août 1893 : c'est le puits n° 1, le plus éloigné du pont ; le puits n° 2 a été foré aussitôt après, mais dans des conditions moins bonnes que le premier ; aussi a-t-on été obligé, depuis le mois de décembre 1896, d'en recommencer le forage. Ces travaux ne sont pas **tout** à fait terminés (1). Un espace de 50 mètres sépare ce puits du lit de la Seine, tandis que le puits n° 1 se trouve à 150 mètres plus loin.

L'eau est puisée dans la nappe souterraine au moyen de pompes d'épuisement du modèle n° 7 de Neut-Dumont, actionnées par des machines à vapeur, une pour le puits n° 1 et deux pour le puits n° 2. Les pompes refoulent l'eau dans une conduite en fonte de $0^m,40$ de diamètre qui l'amène en conduite forcée dans l'enclos de la machine, en passant d'abord sous le tablier du pont de Croissy, puis sous la route nationale. L'eau amenée en ce point émerge au-dessus du sol et tombe dans un récipient maçonné, qui devrait être couvert, et dans lequel est également amenée l'eau des deux puits de la machine. Ce petit réservoir commun est le point de départ d'une large canalisation descendante en maçonnerie de meulières et ciment, contenant le mélange de l'eau des quatre puits de Marly-Croissy, et le conduisant, en passant sous la route nationale, au bâtiment des roues motrices, placé obliquement en face.

Les puits n'ont pas de margelle, leur ouverture est au ras du sol du bâtiment qui les recouvre.

La chambre des puits est circulaire, son diamètre varie de $2^m,50$ à 3 mètres au maximum. Elle est constituée par de la maçonnerie de meulières avec mortier de ciment. Selon les puits, cette chambre en maçonnerie descend dans le sol à une profondeur de $14^m,78$ (puits n° 1) à $18^m,69$

(1) Fin 1897.

(puits n° 2). A 6 mètres environ de l'ouverture supérieure, la chambre contient une pompe dont le tuyau d'aspiration plonge dans un tube en fer, d'une seule pièce, de 1 mètre de diamètre, et qui descend dans la craie jusqu'à la rencontre de la nappe.

Il résulte de ce qui précède que les parois des puits d'une part, les tuyaux et conduites qui en partent d'autre part, sont, depuis leur origine à la nappe souterraine jusqu'à leur terminaison à la machine hydraulique, d'une étanchéité absolue. Sur ce parcours, l'eau, amenée en conduite forcée, ne risque nullement d'être souillée par des infiltrations venant de la surface ni du sol. A proximité des puits, la nappe est également à l'abri des infiltrations de voisinage. Aucun dépôt d'immondices, aucune cause de souillure ne se rencontre aux environs. Le terrain dans lequel se trouvent les puits est nu, sans culture, bordé d'un côté par une route (avenue des Ponts) qui le sépare d'une propriété d'agrément, de l'autre par des terrains de culture sur lesquels on ne fait épandage ni de gadoues ni de liquides d'égouts. Le terrain est bordé au nord par une route, qui l'isole de quelques habitations, et au sud par le quai de l'Écluse, simple voie tracée le long de la rive correspondante de la Seine.

La température de l'eau de la nappe qui alimente les puits se maintient à peu près vers 11 degrés.

On la puise avec des pompes fonctionnant sans interruption sous la surveillance d'ouvriers divisés en équipe de jour et en équipe de nuit. Les pompes employées ont une puissance de débit de 5 280 à 7 800 mètres cubes (1) par jour et par puits. D'après l'inspecteur chargé du service à la machine, M. Vazou, on pourrait obtenir un plus grand rendement, mais à la condition d'employer des pompes plus fortes. L'abondance de la nappe exploitée est, selon lui, considérable; on pompe nuit et jour d'une façon continue, sans

(1) Consulter à ce sujet une notice de la maison Dumont, 55, avenue Trudaine, à Paris, qui fixe entre 220 et 325 mètres la quantité d'eau élevée en une heure par les pompes n° 7.

abaisser le niveau de l'eau, ce qui indique que la nappe est abondante, ou s'étend sur une grande surface. Les pluies et les saisons ont peu d'influence sur le rendement des puits; elles ne changent en rien, en apparence, les caractères physiques de l'eau obtenue. Les variations du niveau de la Seine paraissent ne modifier en aucune façon le niveau de la nappe souterraine et n'exercer aucune action sur la quantité et la qualité de l'eau tirée des puits.

Cette eau est constamment claire, limpide, fraîche, agréable au goût, sans odeur. La profondeur du puits n° 1 égale $26^m,60$, celle du puits n° 2, $27^m,30$; le niveau moyen de la Seine se tient généralement à l'altitude $20°,73$. Or, la cote du terrain de Croissy est à $23°$, soit à $2^m,27$ seulement au-dessus du niveau habituel de la Seine, tandis qu'il a fallu descendre presque à 25 mètres plus bas que le niveau du fleuve pour trouver la nappe souterraine.

*Puits de Marly.* — Le puits n° 1, foré en 1881, est le plus rapproché du point de départ de la canalisation qui conduit à la machine le mélange d'eau provenant des divers puits de Marly-Croissy; il est séparé du puits n° 2, creusé en 1885, par un espace de 56 mètres, occupé en partie par le bâtiment qui renferme la machine à vapeur. Ces puits se trouvent chacun sous un hangar légèrement en retrait, placé à droite et à gauche du bâtiment de la même machine. Le hangar abrite, outre les puits, les appareils nécessaires à l'élévation de l'eau et à son adduction.

La chambre des puits est disposée comme à Croissy : elle a les mêmes dimensions, la même profondeur et une structure identique, assurant à l'origine de tout le système une étanchéité complète.

Il existe du reste, autour des puits, une zone de protection constituée par des terrains appartenant à l'État. Dans cette zone, comme du reste aux environs dans toute la région dépendant des communes de Bougival et de Louveciennes, qui s'appuient sur les pentes supérieures du coteau dominant la machine, on pouvait redouter, il y a quelques années encore, par suite de l'existence des fosses d'aisances mal établies, des infiltrations de la surface vers la nappe souterraine.

En vertu d'arrêtés municipaux, dont l'exécution, paraît-il, a fait l'objet d'une surveillance particulière, cette situation a disparu. Sur les dépendances de la machine elle-même, on a exigé la transformation des anciennes fosses, non étanches. On a protégé ainsi la nappe dans laquelle s'alimentent les puits.

Le tube en fer qui descend autour du tuyau d'aspiration a la même constitution et le même diamètre que celui des puits de la presqu'île de Croissy. Les puits de Marly sont aussi dépourvus de margelle; leur chambre se trouve à découvert sous des hangars qui contiennent les appareils, mais dans lesquels circulent et travaillent des ouvriers. Il y a là une source possible de contamination, qu'il eût été facile d'éviter en fermant les puits, même d'une façon sommaire, comme on l'a fait à Croissy, avec des planches formant couvercle.

Ce qui distingue surtout les puits de Marly de ceux de Croissy, c'est l'existence entre eux, à 15 mètres de profondeur dans le sol, d'une galerie de communication, haute de près de 2 mètres, large de $56^m,05$, construite en meulière avec joints au ciment. L'eau se trouve exactement au même niveau dans les deux puits; quand l'un d'eux fonctionne, le niveau ne tarde pas à s'abaisser dans l'autre proportionnellement au rendement du premier. La nappe dans laquelle on puise n'est pas abondante; elle est loin en particulier d'être aussi considérable que l'est celle de Croissy.

Dans le but de l'accroître, on a percé plus ou moins loin, en partant de la profondeur des puits, des galeries se dirigeant en divers sens sous le coteau de Louveciennes, mais ces travaux n'ont pas donné de résultats bien appréciables. Nous tenons de M. Vazou qu'il ne faut pas compter pour les deux puits réunis sur un rendement quotidien supérieur à 3 000 mètres cubes. Il ne nous appartient pas de décider si ce résultat doit être attribué uniquement aux faibles ressources de la nappe elle-même, au système employé pour l'élévation de l'eau ou aux deux causes réunies. Tandis qu'à Croissy, ce sont des pompes élévatoires à vapeur qui sont chargées de l'aspiration, à Bougival c'est une machine hydraulique, une turbine à grande vitesse, faisant 1 000 tours à la minute. Cette turbine est mise en mouvement par la colonne ascendante du liquide, qui s'élève de la machine vers les grands réservoirs situés à l'entrée de la forêt de Marly.

L'eau des puits de Marly présente tous les caractères physiques et organoleptiques de l'eau de Croissy. Elle a la même température. Du reste, la nappe de Marly n'est pas moins profonde que celle de la presqu'île de Croissy; on peut en juger par les chiffres qui représentent la profondeur respective des puits des deux groupes.

*Considérations géologiques.* — Pour chacun des puits de Croissy et de Marly, c'est en plein dans la craie que l'on a été mis en présence de la nappe souterraine. Dans toute la région, le sol a pour base le massif de terrain crétacé qui occupe sans interruption dans toute son étendue l'extrême sous-sol du bassin de Paris.

Toutes les particularités qui caractérisent la formation de la craie ont été remarquées au cours des travaux nécessités par le forage des puits de Croissy.

Le niveau supérieur de la craie a été trouvé à $10^m,58$ aux puits de Marly et à $16^m,54$ aux puits de Croissy, soit à $7^m,17$ en moyenne en contre-bas du niveau moyen de la Seine. Pour parvenir à ce niveau, il a fallu, dans la presqu'île de Croissy, traverser d'abord une couche de terrain de remblai haute de $1^m,12$ à $1^m,30$, puis une épaisseur de terre végétale de 1 à 4 mètres; au-dessous se trouvait un amas important de sable et de cailloux formant un étage de $12^m,68$ à $13^m,19$.

La craie est apparue d'abord sous forme de craie blanche graveleuse, sous une épaisseur de $0^m,32$, puis de craie blanche, grasse, graveleuse, fendillée avec gros rognons. Au-dessous se trouvait 1$^m$,94 de craie tendre, en morceaux tachés d'oxyde de fer; de la craie tendre avec silex noirs constituait plus bas une couche de 1$^m$,81, reposant sur 4$^m$,61 de craie blanche, grasse, contenant aussi des silex noirs.

En creusant les puits de Marly, on est arrivé, après avoir enlevé 2$^m$,20 de terrain ordinaire, sur des éboulis glaiseux formés de sable, d'argile, de marne et de gypse, avec de la meulière et du calcaire grossier, blanchâtre, plus ou moins dur, parfois tubuleux, contenant des moules de lymnés et de planorbes. Ces éboulis résultent du glissement des sables supérieurs de la falaise qui sont dangereux par leur masse épaisse et leur fluidité et qui, en tombant, entraînent avec eux le calcaire grossier et les meulières de leur sommet.

L'épaisseur des éboulis ainsi formés est considérable; elle atteint 8$^m$,23 au niveau des puits de la machine. On rencontre plus bas une couche mince de cailloux roulés avec du sable et du gravier, puis la craie, craie compacte, qui forme une puissante assise de plus de 16 mètres de hauteur, au-dessous de laquelle se trouve la nappe souterraine.

La constitution du terrain qui surmonte la nappe souterraine explique la forte minéralisation de l'eau des puits, qu'il s'agisse de ceux de Croissy ou de ceux de la machine. Au reste, d'après M. Lacour, la composition chimique de l'eau des différents puits offre les plus grandes analogies.

*La nappe souterraine à Croissy, à Marly et à Versailles.* — Il y a très peu de temps encore, on pouvait se demander si on ne pourrait pas trouver à Versailles une nappe souterraine comparable à celle de Croissy. La question est maintenant résolue par l'affirmative, après le forage du puits qui vient d'être creusé aux portes de Versailles, à Porchefontaine, à l'usine de la « Société versaillaise d'électricité et de tramways électriques ». M. Serve, directeur de la Société, a bien voulu faire relever spécialement pour nous, par l'ingénieur chargé des travaux, la nature des terrains reconnus à toutes les profondeurs, depuis la surface du sol jusqu'à la rencontre, à 97 mètres, d'une nappe souterraine assez abondante pour alimenter la machine à vapeur de l'usine.

A la machine et aux puits de Croissy, la craie blanche, mise à découvert à la cote 7 environ, se trouve placée, comme on l'a vu plus haut, sous un épais éboulis de calcaire grossier, mélangé de sable et d'argile (Marly), ou sous une puissante couche de diluvium (Croissy). A Porchefontaine, le sommet de la craie atteint la cote 32, mais les terrains supérieurs à la formation de la craie sont beaucoup plus nombreux et plus variés. On peut, ce nous semble, et sans entrer dans les détails, grouper et classer comme suit les diverses assises superposées à la nappe souterraine :

1° La craie blanche, argileuse, tendre, contenant à
    la base des rognons de silex, très durs......    3$^m$, »
2° L'argile plastique.............................    15$^m$,50
3° Le calcaire grossier..........................    37$^m$, »
4° L'argile verte................................    4$^m$,50
5° Les marnes à ostrea..........................    11$^m$,50
6° Les sables supérieurs........................    25$^m$,50

Au point de vue exclusif qui nous occupe, ce qu'il importait le plus de mettre en évidence, c'est qu'à Croissy, comme à Porchefontaine, la nappe souterraine se trouve située dans la formation de la craie blanche. De cette identité de situation des deux nappes liquides, il serait peut-être prématuré de conclure qu'elles ne font qu'une seule et même nappe souterraine. Mais ce qui n'est pas douteux, c'est que l'eau se trouve placée à un niveau bien différent; les chiffres ci-après le démontrent clairement :

Cote du terrain à l'usine de Porchefontaine.......  126$^m$, »
Profondeur du puits.............................  97$^m$, »

Cote de la nappe souterraine....................  29$^m$, »

Cote du terrain à Croissy.......................  23$^m$, »
Profondeur moyenne des puits à Croissy..........  26$^m$,95

Cote de la nappe souterraine (moins)............  3$^m$,95

Soit une différence de niveau de (29 mètres $+$ 3$^m$,95) 32$^m$,95, existant entre la nappe de Croissy et celle de Porchefontaine, la première étant plus basse que la seconde. Or la distance la plus courte entre les puits de Croissy et celui de Porchefontaine se trouvant de 9 000 mètres environ, il est aisé de calculer que, si les deux nappes communiquaient, ce serait selon une pente de $0^m,0035$ par mètre, dans la direction générale nord-sud, c'est-à-dire de Versailles-Porchefontaine vers Croissy et la vallée de la Seine, en passant par Bougival et la nappe des puits de Marly.

On a soutenu, il est vrai, que l'eau qui constitue cette dernière nappe ne provenait pas de la nappe de Croissy, mais bien d'une nappe située sous les collines qui vis-à-vis bordent la rive gauche de la Seine et dépendent de la commune de Louveciennes.

Quant à l'origine des eaux de Croissy, elle est également très discutée. Pour les uns, ces eaux proviendraient des plaines de la Champagne; d'autres, au contraire, les considèrent simplement comme formées sur place par les eaux pluviales. Enfin, d'après une troisième opinion, l'eau ainsi accumulée dans le sous-sol résulterait des infiltrations des eaux de la Seine.

On admet généralement que la nappe d'eau trouvée dans la presqu'île de Croissy est indépendante, qu'elle ne provient pas des infiltrations de la Seine et ne fait qu'un avec la nappe qui alimente le Vésinet.

*L'eau des puits est de bonne qualité.* — Ce qu'il importe avant tout de connaitre, c'est le degré de confiance que l'on peut accorder à la qualité des eaux qui proviennent, soit des puits de Croissy, soit des puits de Marly. Sur ce point, toutes les analyses chimiques et bactériologiques concordent pour démontrer que l'eau des puits de Croissy et de Marly est bonne. Telle est en particulier la conclusion qui résulte des diverses analyses faites par l'un de nous en décembre 1896 et mai 1897 au laboratoire de bactériologie de l'hôpital militaire de Versailles, au moyen d'échantillons prélevés directement aux puits, avec toutes les précautions requises, et immédiatement rapportées au laboratoire pour être ensemencées séance tenante. Voici le résultat de chacune de ces analyses.

*Examens bactériologiques.*

| ORIGINE DE L'EAU. | DATE de l'ensemencement. | NOMBRE de colonies par centimètre cube. | ÉPOQUE où la liquéfaction de la gélatine a arrêté l'énumération des colonies. | ESPÈCES pathogènes. |
|---|---|---|---|---|
| Croissy, puits n° 1..... | 21 déc.<br>23 mai. | 440<br>300 | 19e jour.<br>16e — | Aucune (1).<br>Id. |
| — puits n° 2..... | »<br>» | »<br>» | »<br>» | » (2)<br>» |
| Marly, puits n° 1..... | 21 déc.<br>23 mai. | 800<br>625 | 15e jour.<br>14e — | Aucune (3).<br>Id. |
| — puits n° 2..... | 21 déc.<br>23 mai. | 1.225<br>980 | 17e —<br>20e — | Id. (4)<br>Id. |

(1) Sur le milieu d'Elsner, rien que des colonies liquéfiantes.
(2) L'eau du puits n° 2 n'a pu être analysée à cause des travaux en cours d'exécution.
(3) Le même jour, de l'eau de la Seine prélevée à la machine a donné, après dilution à 1 p. 10 000, 360 000 colonies par centimètre cube; la numération n'a pu être faite au delà du sixième jour à cause de la liquéfaction rapide de la gélatine ensemencée. Dès le troisième jour, la liquéfaction de la gélatine avait été totale pour les boîtes de Pétri ensemencées avec de l'eau diluée au millième.
(4) Microbes chromogènes assez nombreux.

On voit par ces résultats que les eaux de Croissy et de Marly n'ont rien de commun avec les eaux de Seine, que ce sont des eaux pures liquéfiant tardivement la gélatine, ne comptant pas en moyenne plus de 720 bactéries vulgaires, dépourvues de germes pathogènes et notamment de *Bacterium coli* et de bacilles d'Eberth, recherchés par les procédés les plus sûrs de la technique la plus récente (séro-réaction, etc.).

Ces résultats sont en concordance avec les données que le bactériologiste doit, selon M. Roux (1), demander au chi-

(1) Roux, cours inédit, professé à l'Institut Pasteur, 1896.

miste comme complément nécessaire d'une analyse bactériologique d'eau.

La richesse en oxygène donne des renseignements sur le
degré d'altérabilité de l'eau et sur le contenu en bactéries
qui dans l'eau jouent un rôle destructeur pour l'oxygène.
Une eau de bonne qualité doit renfermer par litre 10 milligrammes d'oxygène, 1 à 2 milligrammes au plus d'acide
nitrique ou de nitrates et absorber moins de 1 milligramme
par litre de permanganate de potasse. Étant connue la den-
sité de l'oxygène, il est facile de calculer à l'aide des chiffres,
en volume, inscrits sur le tableau contenant le résultat des
analyses faites par M. Lacour, que l'eau des puits de Croissy-
Marly contient exactement 9,83 milligrammes d'oxygène
par litre. La même eau contient de 1 à 2 milligrammes
d'acide azotique ; elle réduit par litre de 1 à 1,5 milligramme d'oxygène (1).

De son côté, dès le 5 décembre 1893 M. Rabot avait aussi
opéré par le permanganate de potasse le dosage des matières
organiques contenues dans l'eau de la nappe de Croissy et
trouvé que l'oxygène employé pour un litre ne dépassait
pas 0gr,008. Les données de la chimie et de la bactériologie
confirment donc, malgré un degré hydrotimétrique élevé,
la bonne qualité de l'eau des puits de Croissy et de Marly.

Ce point étant acquis, il reste à voir dans quelles conditions cette eau arrive à Versailles. Sans entrer dans la
description de la machine de Marly, que l'on trouvera tracée avec beaucoup de soin et une grande compétence par
Armengaud (2), rappelons que l'établissement hydraulique
de Marly est actuellement à peu près en l'état où l'ont mis
les travaux considérables exécutés, vers 1858, d'après les
plans et sous la direction de M. Dufrayer Il est situé sur la
rive gauche de la Seine, à quelques centaines de mètres en
aval des ponts qui relient Bougival à la presqu'île de
Croissy. La route nationale de Paris à Saint-Germain sépare

<hr>

(1) Gavin et Lacour. *Revue d'hygiène*, 1896, p. 22.
(2) Armengaud, *Publication industrielle des machines*, t. XIV.

l'établissement en deux parties, d'un côté la machine proprement dite, placée sur la Seine en lit de rivière, à l'extrémité d'un long barrage créé sous Louis XIV par la réunion des divers îlots existant entre Bezons et Marly ; de l'autre, l'enclos de la machine avec ses dépendances, les puits, les ateliers, l'ancienne machine à vapeur, les bureaux et la direction du service.

Le bâtiment dans lequel se trouve tout le système moteur est en pierres et en briques, recouvert en zinc ondulé. Il contient six grandes roues avec six mécanismes semblables, formant ce que l'on appelle la machine de Marly. La façade du bâtiment donne sur la route nationale, en regard même de la façade du bâtiment de la machine à vapeur. Sa plus grande longueur, perpendiculaire à la Seine, se trouve à cheval sur le bas du fleuve.

En amont, on voit le déversoir et les grandes vannes de décharge qui donnent l'écoulement à la masse d'eau considérable que les moteurs hydrauliques n'utilisent pas.

Les roues ont 12 mètres de diamètre et $4^m,50$ d'épaisseur ; elles sont exactement emboîtées dans des coursiers en maçonnerie.

L'introduction de l'eau se fait au tiers de la chute, comptée à partir du niveau supérieur, de sorte que depuis son point d'introduction sur les palettes jusqu'au bas de la roue le liquide moteur descend d'une hauteur égale aux deux tiers de la chute totale.

Chaque roue, composée de 64 aubes planes, formées de fortes planches en bois d'orme, assemblées entre elles, actionne quatre pompes horizontales à piston plongeur, à simple effet, disposées de telle sorte qu'elles forment par leur ensemble un double jeu; rendu solidaire. Le mouvement est communiqué directement et à la fois aux pistons des quatre pompes par l'arbre de chaque roue hydraulique.

Dans les fondations du bâtiment, entre chacune des six galeries disposées pour recevoir les roues et leur vannage, il a été ménagé, ainsi que vers les deux extrémités, des canaux destinés à laisser arriver l'eau nécessaire à l'alimentation des pompes. Celles-ci, placées directement au-dessus, ont leur tuyau d'aspiration qui descend dans le canal de la prise d'eau par les ouvertures ménagées à cet effet dans l'épaisseur des voûtes.

Les canaux percés d'outre en outre, en travers du bâtiment, sont commandés en aval et en amont par des vannes, au-devant desquelles existe une grille, qui ne permet pas aux herbages ou autres matières étrangères de pénétrer dans le canal de la prise d'eau.

*La question de l'eau de Seine.* — Nous nous sommes étendus avec intention sur ces prises d'eau, pour être en mesure de faire mieux comprendre en quoi ont consisté les travaux faits en 1893 à la machine, à la suite du forage des puits de Croissy, dans le but d'empêcher la pénétration de l'eau de la Seine dans les conduites d'évacuation.

Pour obtenir ce résultat, il a suffi de murer les communications qui existaient entre le fleuve et la prise d'eau des pompes.

Les travaux une fois achevés, les canaux d'aspiration furent conservés, mais devinrent de véritables galeries-citernes, dans lesquelles l'eau des puits arriva par l'intermédiaire d'un canal distributeur souterrain. Ce canal part de la cuvette réceptrice de la cour de la machine, passe en pente sous la route nationale et aboutit aux tuyaux de prise d'eau des pompes hydrauliques. Arrivée à ce niveau, l'eau des puits suit la voie que prenaient avant elle les eaux de la Seine.

La substitution des eaux de puits à l'eau de Seine est-elle complète, et peut-on considérer la situation nouvelle comme définitivement acquise ?

Cette double question est de celles qui, naturellement, viennent sur les lèvres de tous, lorsqu'il s'agit de la machine de Marly et de ses rapports avec les puits de la nappe souterraine.

Sur le premier point, comme sur le second, la réponse de l'ingénieur en chef, chargé du service, et des inspecteurs sous ses ordres est formelle : on a renoncé absolument et à tout jamais à l'adduction d'eau de Seine. L'eau du fleuve ne doit plus servir que de force motrice mettant en action la machine qui élève de Bougival l'eau des puits destinée à l'alimentation de Versailles et de la région suburbaine.

Rien n'empêcherait assurément qu'en cas de sécheresse prolongée et excessive, ayant amené à la fois l'épuisement des réserves dans toutes les retenues, la mise à sec des étangs et l'abaissement de la nappe d'eau de Croissy au-dessous de l'action des pompes élévatoires, le travail effectué pour établir une séparation entre les eaux de Seine et les canaux d'aspiration des pompes à la machine ne fût supprimé aussi facilement qu'il a été exécuté, et qu'ensuite l'adduction d'eau de Seine ne fût reprise.

Un arrêt d'une certaine durée dans le fonctionnement des machines élévatoires à vapeur, installées aux puits de Croissy, provoqué par des avaries graves et coïncidant avec l'absence d'eau dans les réservoirs et les étangs, pourrait conduire au même résultat.

Si en temps normal il n'y a pas à craindre de distribution réglée d'eau de Seine, il n'est pas douteux qu'exceptionnellement un retour à une pratique qui devrait à jamais être condamnée et rendue impraticable ne serait cependant pas matériellement impossible.

Enfin, qui pourrait certifier qu'un jour à l'improviste, à l'insu peut-être de tous, à la suite de crues subites ou dans d'autres circonstances quelconques, de simples fissures, des ruptures partielles n'établiront pas entre les eaux de Seine et l'eau des puits, séparées uniquement, en somme, par une cloison en maçonnerie verticalement placée, des communications imperceptibles, n'entravant pas le fonctionnement de la machine, mais suffisantes pour contaminer le contenu des pompes? C'est une éventualité qu'il est bon de prévoir, afin que, pour éviter les infiltrations d'eau de Seine et leurs dangers, cette partie du service soit l'objet d'une surveillance spéciale.

*Rendement de la machine.* — A la suite d'expériences et de calculs auxquels se sont livrés chacun de leur côté Dufrayer et Vallès pour déterminer le rendement de la machine de Marly, on a pu conclure qu'en temps normal et habituel chaque roue élevait, en faisant trois tours à la minute, 2 700 mètres cubes d'eau par jour, soit 16 200 mètres cubes pour les six roues. Si le niveau de la Seine se maintenait continuellement à l'étiage, les roues pourraient toujours marcher à raison de trois tours par minute, il n'y aurait donc de réduction à faire subir au chiffre indiqué plus haut, que celle résultant des temps d'arrêt provoqués par les réparations des machines. Mais, comme l'a fait remarquer Vallès (1), cette supposition ne se réalise presque jamais. Le niveau des eaux varie incessamment dans les rivières, et il y a des moments où on courrait le risque de tout briser, si on voulait continuer de faire produire à la machine la même quantité de travail utile. Le rendement qui a été indiqué plus haut n'a lieu, poursuit Vallès, que si l'on est « en eaux basses, c'est-à-dire que lorsque les palettes ne plongent pas plus de $0^m,50$ à $0^m,60$ dans l'eau d'aval. Mais le travail normal de la machine peut être établi à raison de trois tours à la minute, ce qui correspond à une levée de la vanne de $0^m,20$ ».

En cas de crue, les efforts de la machine augmentent par les résistances que produit l'eau à mesure qu'elle monte dans le bief d'aval. Par voie de compensation, il faut, dans ce cas, diminuer le travail utile, c'est-à-dire réduire le nombre de tours que fait chaque roue à la minute et les ramener à deux, et même à un, selon les circonstances.

Suivant l'état des eaux, le travail de la machine a pu être mathématiquement déterminé par Vallès. En tenant compte des nécessités bien diverses, on a calculé qu'année moyenne

_______

(1) Vallès, *Étude sur les eaux de Marly et de Versailles*, 1864, p. 57.

J.-B. Fluteau et G. Carlier.                    2

la vitesse des roues ne dépasse pas, par minute, 2,307 tours
(2 tours 307). Or, le rendement moyen par jour d'une roue
faisant 3 tours à la minute étant de 2 700 mètres cubes, il
est facile de calculer que le rendement moyen par jour
d'une roue faisant seulement 2,307 tours est réduit à
2 076 mètres cubes, soit, en chiffre rond, 2 100 mètres
cubes. La puissance élévatoire de la machine se trouverait
déjà ramenée, de ce chef, de 16 200 à 12 500 mètres cubes
environ. Ce n'est pas tout ; dans les calculs précédents, il n'a
pas été tenu compte du chômage, occasionné par les avaries
survenues aux machines. Ces avaries deviennent de plus
en plus fréquentes au fur et à mesure que l'on s'éloigne de
la date de la construction des roues motrices. Jamais les six
roues ne fonctionnent à la fois : nous avons pu maintes fois
nous en assurer. En moyenne, on ne peut compter sur un
rendement constant que de cinq roues au maximum ; il en
résulte donc que le rendement total de la machine ne dépasse pas (2 100 mètres cubes $\times$ 5 = 10 500) 10 500 mètres
cubes par jour, année moyenne.

Nous le répétons, il ne s'agit là que de chiffres moyens
qui peuvent être notablement dépassés à certains moments
et ne pas être atteints dans d'autres. C'est précisément pour
équilibrer les années au point de vue du rendement de la
machine, que de grands réservoirs, comme ceux des Deux-
Portes, ont été créés.

Toujours est-il que, pendant une année moyenne, la
machine de Marly serait incapable d'élever toute l'eau
qu'elle pourrait recevoir et des puits de Marly (3000 m³)
et de ceux de Croissy (15 600 au maximum), soit, en tout,
18 600 mètres cubes (1). Cette distinction, nécessaire entre
le rendement possible (16 200 m³) de la machine de Marly,
à un moment donné et sans doute de courte durée, et son

_______________

(1) Quand les deux puits de Croissy fonctionnent, on n'utilise pas
ceux de Marly. Quand on puise à Marly, on ne prend que dans un
seul puits à Croissy. L'état de la machine ne permet pas le fonctionnement simultané de tous les puits.

rendement, année moyenne : 10500 m³), n'a pas toujours été faite.

Nous savons de source certaine que si, en réalité, le service peut disposer, à Croissy, de toute l'eau nécessaire pour alimenter largement Versailles et les autres communes intéressées, les moyens indispensables pour amener à la machine un volume suffisant d'eau de Croissy font trop souvent défaut.

Ce qui est plus grave encore, l'état de la machine elle-même n'est pas sans inquiéter au plus haut point, dans certains cas, les ingénieurs du service. Pour donner satisfaction aux besoins les plus urgents, des crédits importants, mais toujours insuffisants, ont été accordés, et des travaux de réfection très urgents entrepris. Il n'en reste pas moins certain que l'époque est encore éloignée où la machine de Marly pourra refouler toute l'eau nécessaire pour alimenter Versailles et les communes intéressées.

*Conduites ascensionnelles.* — Du bâtiment des roues, les eaux sont refoulées dans les conduites ascensionnelles, où leur pression suffit à mettre en action la turbine qui sert à élever l'eau des puits de Marly. Les conduites ascensionnelles, au nombre de deux, sont en fonte: leur diamètre égale 300 millimètres; elles partent de l'extrémité de la chambre des roues, longent, à l'extérieur, le bâtiment de la machine à vapeur, après avoir traversé en souterrain la route nationale, et passent sous le terre-plein du bâtiment de la pompe à incendie.

Derrière le bâtiment, les conduites ascensionnelles viennent à jour et, appuyées sur le sol, montent à découvert en convergeant vers un point plus élevé, situé à courte distance, où elles se terminent dans une seule conduite toujours ascendante, également à découvert et appuyée à la surface du sol. La conduite unique ascendante, en fonte, possède un diamètre de 0ᵐ.60; elle est assemblée, soit à brides, soit à emboîtement et cordon, avec corde goudronnée et plomb, comme moyens d'union.

Parvenue au village de Louveciennes, dans la seconde partie de son trajet, la conduite s'enfonce dans le sol à une profondeur moyenne de 1 mètre.

Arrivée au pied de l'aqueduc de Marly, les eaux s'élevaient verticalement autrefois jusqu'au sommet de cet aqueduc, long de 603 mètres. Elles suivaient ensuite, avec une pente de 0,00015 par mètre, une cuvette en plomb placée sur son couronnement : parvenues à son extrémité, elles descendaient, pénétraient dans un tuyau placé sous terre et arrivaient en siphonant aux réservoirs des Deux-Portes.

Aujourd'hui que l'intermédiaire de l'aqueduc, conservé seulement comme un monument historique très digne d'intérêt, a été supprimé, la conduite est continuée en souterrain jusqu'aux réservoirs dans lesquels elle déverse son contenu. Son parcours total est de 2179 mètres; son étanchéité absolue la met à l'abri de toutes les infiltrations venant de la surface ou du voisinage.

Quant à la machine à vapeur, très remarquable spécimen, paraît-il, de la construction des moteurs à vapeur pour l'époque à laquelle elle a été établie (1826), elle n'offre plus qu'un intérêt purement archéologique. Depuis quarante ans, on a renoncé à s'en servir.

*Réservoirs des Deux-Portes.* — Les trois réservoirs (grand, moyen, petit) des Deux-Portes se trouvent à 176$^m$,421 d'altitude, en bordure de la forêt de Marly, entre deux portes qui, en cet endroit, donnent accès dans la forêt, le long de la route de Versailles à Saint-Germain. Ils sont dissimulés par un grand mur, très élevé, qui s'étend depuis le chemin descendant à droite vers Louveciennes, jusqu'à l'extrémité de l'ancien aqueduc de Marly, que l'on aperçoit en face et un peu au delà.

Le grand réservoir, le plus éloigné de la route, est séparé de cette dernière par le moyen au sud et le petit au nord. Le tableau ci-dessous donne pour chacun d'eux la hauteur des superficies, la surface moyenne qui dépasse 9 hectares, et le cube total.

| RÉSERVOIRS. | HAUTEUR DES SUPERFICIES. | SURFACES. | CONTENANCE. |
|---|---|---|---|
| Petit ........... | 3<sup>m</sup>,40 | 10 000 m. carrés. | 31 000 m. cubes. |
| Moyen........ | 4<sup>m</sup>,44 | 15 000 — | 66 000 — |
| Grand........ | 4<sup>m</sup>,44 | 65 796 — | 289 500 — |
| Totaux ........ | | 90 796 m. carrés. | 389 500 m. cubes. |

Les bassins des Deux-Portes ne sont pas toujours complètement remplis. Les chiffres indiqués sur les Bulletins hebdomadaires que le Service des Eaux adresse à M. le Préfet
de Seine-et-Oise, depuis le mois de décembre 1895, font
connaître les variations que subit, pour des raisons multiples, l'approvisionnement constitué dans ces réservoirs.

Au nord et à la suite de la bande de terrain qui s'étend
entre le grand réservoir d'une part, le moyen et le petit de
l'autre, se trouve le Château-d'Eau. C'est une construction
couverte et dans laquelle débouche l'aqueduc souterrain
amenant les eaux élevées par la machine ; elles se déversent
en bouillonnant dans une série de petits bassins, d'où elles
sont dirigées à volonté sur les trois réservoirs à la fois ou
sur l'un d'eux seulement. Le Château-d'Eau est relié directement aux réservoirs par trois conduites souterraines, indé-
pendantes, commandées chacune, au point de départ, par
une vanne spéciale. Les vannes au Château-d'Eau étaient
ouvertes au moment de notre visite, le 24 juillet 1897, pour
un débit de 500 pouces fontainiers, soit de 10 000 mètres
cubes par vingt-quatre heures : c'est, paraît-il, le cas habituel. Le service est ordinairement réglé pour le départ de
la façon suivante : le grand réservoir alimente Versailles,
le moyen Saint-Cloud, avec ses dépendances, et le petit
Louveciennes et Marly (1). Mais les trois réservoirs commu-

(1) Voici des chiffres qui montrent l'importance des envois respecti-
vement faits par jour dans les différentes directions : A. Du 15 au
22 juillet 1897 : Versailles, 6 000 mètres cubes ; Saint-Cloud, 2 154 ; Marly,
620 ; Meudon, 190 ; plateaux supérieurs, 150 ; Rocquencourt, 45 — B. Du

niquent entre eux à volonté ; de sorte que, à la rigueur, le même réservoir peut, en cas de travaux ou de nettoyages, servir, au moins provisoirement, à alimenter n'importe quelle région. Exception doit être faite cependant pour le Trou d'Enfer, les villages de Bailly et de Noisy, les hauteurs de Vaucresson, Garches, etc., dont le niveau est plus élevé que celui des réservoirs des Deux-Portes. Pour distribuer de l'eau sur ces plateaux supérieurs, on a dû construire un réservoir spécial à ossature en fer et maçonnerie revêtue de ciment, reposant sur des voûtes également en maçonnerie. La couverture est en zinc. Ce quatrième réservoir, à niveau élevé, d'une contenance de 250 mètres cubes, possède une forme cylindrique ; il se trouve sur la même ligne que le Château-d'Eau, derrière le petit réservoir. Il puise dans ce dernier ou dans le grand réservoir, par l'intermédiaire d'une machine à vapeur, l'eau qu'il doit distribuer.

Près de la machine à vapeur existe un cinquième réservoir très petit, en tôle, qui a servi, avant le précédent, à l'alimentation des plateaux supérieurs.

Le liquide contenu dans les différents bassins des Deux-Portes est limpide, bien transparent, sans odeur, légèrement teinté en bleu lorsqu'on le considère sous une certaine épaisseur.

Ce sont, avec une grande fraîcheur, les caractères que l'on reconnaît, au Château-d'Eau, à l'eau émergente de la conduite ascendante. Tel apparaît aussi, au milieu de la cour de la machine, dans la cuvette réceptrice, le mélange de l'eau des puits de Croissy et de Marly ; tel aussi il se montre à l'origine de la conduite ascendante, après refoulement par les roues motrices.

Soumise à l'analyse bactériologique, cette eau a été reconnue de bonne qualité, à la suite des trois examens que nous avons pratiqués et dont voici les résultats :

5 au 12 août 1897 : Versailles. 6 000 mètres cubes ; Saint-Cloud, 1 642 ; Meudon, 190 ; Marly, 600 ; plateaux supérieurs, 150 ; Rocquencourt, 40 ; divers, 17.

*1re analyse.* — 21 décembre 1896. — Nombre de colonies par centimètre cube : 1 210. Liquéfaction des plaques retardée jusqu'au dix-septième jour. Recherche des bactéries pathogènes absolument négative.

*2e analyse.* — 24 avril 1897. — 723 colonies par centimètre cube ; numération arrêtée au onzième jour par la liquéfaction de la gélatine. Absence du *Bacterium coli* et de bacilles d'Eberth.

*3e analyse.* — 23 mai 1897. — 1 025 colonies ; liquéfaction des plaques de gélatine le treizième jour. Mêmes constatations négatives que précédemment, après recherche des bacilles pathogènes : cette eau ne renferme pas de *Bacterium coli* ni de bacilles d'Eberth.

Ces analyses, très démonstratives au point de vue de la pureté de l'eau, ne le sont pas moins au sujet de la non-pénétration des eaux de Seine dans la conduite ascendante de Marly, au moment où les échantillons ont été prélevés.

Le grand réservoir des Deux-Portes possède une décharge de fond qui se dirige dans la forêt de Marly et qui sert tous les ans à vider, au moins en partie, la tranche profonde du contenu. Une ou deux fois par an, suivant les besoins, on débarrasse la surface des herbes, peu abondantes en général, qui s'y développent, et surtout des feuilles qui s'y accumulent. Dans ce réservoir, comme dans les autres, on aperçoit de nombreux poissons.

Le moyen et le petit réservoir sont complètement vidés et nettoyés tous les ans ; une décharge de fond permet de diriger vers l'abreuvoir de Marly la tranche inférieure de leur contenu avec les matières peu abondantes qui s'y déposent.

Les bassins des Deux-Portes ne sont pas couverts ; établis sur le terrain naturel, composé de meulière et d'argile, ils sont endigués par des murs en meulière et mortier de chaux hydraulique.

*Appareils de jaugeage au départ des Deux-Portes.* — Du grand réservoir, l'eau se rend à Versailles, en passant par le poste fontainier dit de « Jongleur », situé, à proximité, de l'autre côté de la route de Saint-Germain. A cet endroit, et avant de pénétrer dans la conduite qui lui donnera entrée à

Versailles, l'eau doit traverser un système de vannes, constituant un appareil de jaugeage, dont les indications sont, comme au Château-d'Eau des Deux-Portes, relevées trois fois par jour. Règle générale, trois vannes seulement sont ouvertes à la fois. Ces vannes débitent chacune 100 pouces en vingt-quatre heures, soit pour trois : 6 000 mètres cubes, le pouce fontainier valant exactement 20 mètres cubes. Exceptionnellement, on ouvre une quatrième vanne, ce qui permet d'atteindre le chiffre total de 8 000 mètres cubes par jour.

La marche, dans ces conditions, est tout à fait rare. On pourrait augmenter le débit et arriver, à la rigueur, à 595 pouces (11 900 mètres cubes), mais il faudrait pour cela que toutes les vannes et tous les robinets de jauge fussent ouverts à la fois. On atteindrait ainsi le maximum du débit que pourrait écouler la conduite d'évacuation.

Les dispositions n'ont donc pas été prises pour laisser évacuer sur Versailles plus de 11 900 mètres cubes d'eau par jour, maximum qui est évidemment très rarement obtenu, s'il l'est jamais.

Ce résultat ne doit pas nous surprendre, puisque nous savons qu'en l'état actuel, la machine de Marly ne possède pas, année moyenne, un rendement quotidien supérieur à 10 500 mètres cubes. Or, la machine doit alimenter, non seulement Versailles, mais Marly, Louveciennes, Saint-Cloud, etc. (1). Pour cette partie du service, l'approvisionnement est évalué à 2 600 mètres cubes par jour. Il resterait donc, dans les conditions actuelles, pour Versailles, 7 900 mètres cubes seulement. Ce chiffre pourra être porté à 10 000, lorsque les six roues de la machine auront été mises en état de fonctionner toutes à la fois et sans interruption.

Dans les évaluations précédentes, n'a pas été compris le volume d'eau enlevé par l'évaporation à la surface des

(1) Rocquencourt reçoit un branchement spécial qui part de Jongleur et aboutit à un réservoir installé à l'entrée de la forêt de Marly.

réservoirs des Deux-Portes. En été, la réduction afférente
à cette cause est considérable. Vallès estime à $0^m.20$ la
tranche d'eau qui représente la différence entre les eaux
directement versées chaque année par la pluie sur la surface
des réservoirs et celles évaporées. Si l'on remarque que cette
surface est égale à 90 796 mètres carrés, on en conclut que
le volume d'eau soustrait par l'évaporation sera de
18 159 mètres cubes, représentant une perte moyenne de
près de 50 mètres cubes pour chaque jour d'une année
moyenne.

Pendant l'année 1895, une grande activité dut être im-
primée au fonctionnement de la machine de Marly, en raison
de l'extrême sécheresse qui, pendant l'été, amena la mise à
sec presque complète des retenues dans tout le système des
étangs. De 1 180 000 mètres cubes, en 1894, le chiffre des
envois sur Versailles fut porté à 2 918 000 mètres cubes en
1895, avec une moyenne journalière de 7993 mètres cubes. Ce
nombre ne dépasse pas sensiblement nos précédentes évaluations, basées sur une période de quatre ans et ayant trait,
en l'état actuel des machines, au rendement qu'on peut obtenir pour l'alimentation de Versailles.

L'année suivante, la moyenne par jour des envois d'eau
des Deux-Portes dans l'aqueduc de Picardie s'est élevée un
peu plus et a atteint 8 084 mètres cubes. D'après certaines
données, dont nous sommes redevables à l'obligeance de
M. Blanche, inspecteur général du Service à Versailles, depuis le 1ᵉʳ janvier 1897, à cause, d'une part, des travaux en
cours à Croissy et à la machine de Marly, à cause, d'autre
part, de l'abondance des réserves accumulées dans les étangs
à la fin de l'automne précédent, on a tiré de Croissy-Marly
un volume beaucoup moindre que les années précédentes.
Il résulte de nos calculs que ces envois n'ont pas dépassé
4 092 mètres cubes par jour, en moyenne. Nous sommes donc
loin de la moyenne de 16 500 mètres cubes parfois citée.

Il faudrait bien se garder de considérer ce dernier chiffre
autrement que comme le résultat d'un rendement maximum.

obtenu seulement pendant une période de courte durée et
non comme une moyenne annuelle. A l'époque visée, le
fonctionnement intense du service de Marly était rendu absolument indispensable par les besoins de la consommation,
toujours énormes en août; ce qui indique qu'au risque de
détériorer pour longtemps les mécanismes, on fut obligé,
par une marche forcée, de leur faire produire leur maximum de rendement.

*Aqueduc de Picardie.* — L'aqueduc de Picardie, qui amène
à Versailles une partie des eaux élevées de Marly, a une
longueur de 6 kilomètres avec une pente totale de 10 mètres
environ; sa forme est celle d'un demi-cylindre, à radier
horizontal, avec deux pieds droits supportant une voûte en
plein cintre. Établi dans le sol à une profondeur variable, il
se dirige du poste fontainier des Deux-Portes, vers la butte
de Picardie, en longeant d'abord, pendant 7 à 800 mètres, la
route de Versailles à Saint-Germain, puis il s'en écarte pour
gagner obliquement par les bois de la Furie, des Hubies, des
Fonds Maréchaux, le pavé de Vaucresson, la côte de Clagny,
et enfin le bâtiment des filtres de Picardie.

Dans ce parcours, le radier de l'aqueduc, situé à une
profondeur moyenne de 10 mètres, se tient dans le sol, à
13 mètres au maximum, et à 4 mètres au minimum.

Il est en maçonnerie, faite au mortier de chaux hydraulique, avec joints de même nature, sans aucun enduit intérieur. Cet important ouvrage date, comme la plupart des
autres, du règne de Louis XIV. Sa largeur moyenne varie
de $0^m,90$ à $1^m,05$; comme hauteur, nous relevons les ex-
trêmes de $2^m.50$ et de $1^m,25$, et comme moyennes $1^m,80$
et 2 mètres. De la machine de Marly aux bassins des
Deux-Portes, l'eau avait circulé en conduites forcées, bien
étanches, sans aucun danger de souillure. Dans la traversée
de l'aqueduc de Picardie, les infiltrations sont fréquentes.
En maints endroits, on voit, à l'intérieur de l'aqueduc,
tomber quelques gouttes d'eau venant de la partie culmi-
nante. La sécurité à ce point de vue n'est donc pas complète;

le danger heureusement est atténué par la nature du terrain environnant, partout boisé et éloigné de tout groupe d'habitations.

A deux reprises, à plusieurs mois d'intervalle, l'*analyse bactériologique* nous a permis de nous faire une opinion sur la qualité de l'eau amenée aux filtres de Picardie par l'aqueduc venant des Deux-Portes.

Voici le résultat de chacune de ces analyses :

*Eau recueillie à l'arrivée de l'aqueduc de Picardie dans le bâtiment des filtres.*

1° *Ensemencement du 30 décembre 1896.* — La numération des colonies est poursuivie jusqu'au quinzième jour. On en compte 1 760 par centimètre cube ; les espèces sont plus nombreuses que dans les eaux prises aux puits. Nous attribuons ce résultat, soit aux infiltrations venues de la surface à travers les parois de l'aqueduc, soit à la persistance des germes apportés antérieurement dans l'aqueduc par les eaux de Seine et l'ayant souillé pour longtemps. Cependant, on ne constate l'existence d'aucun bacille pathogène, notamment du *Bacterium coli* et du bacille d'Eberth.

2° *Ensemencement du 11 juin 1897.* — 1 525 colonies. — Numération arrêtée le dixième jour par la liquéfaction des plaques. Quelques espèces putrides. Absence certaine du *Bacterium coli* et de bacilles d'Eberth.

*Conclusion.* — Bien que plus chargée en bactéries vulgaires, et plus riche en espèces saprophytiques diverses que l'eau de la nappe des puits de Marly-Croissy, l'eau de l'aqueduc de Picardie, qui ne contient pas de germes pathogènes, peut être consommée sans danger.

Elle possède au reste tous les caractères physiques et organoleptiques d'une bonne eau potable, fraîcheur, limpidité, transparence, absence d'odeur, etc.

*Filtres de Picardie.* — Avant d'arriver au réservoir de Picardie, les eaux amenées à Versailles par l'aqueduc du même nom traversent un système de filtres, qui avaient pour but autrefois de débarrasser l'eau de Seine de ses nombreuses et grossières impuretés. Ils se composaient de deux groupes de quatre compartiments incomplètement séparés par des cloisons verticales et dans lesquels la filtration s'opérait deux fois, d'abord de haut en bas, puis de bas en haut, en passant successivement dans les divers compartiments sur des couches superposées de gravier fin, de charbon, de rognure de fer et de gros gravier.

Depuis l'adduction des eaux de la nappe de Croissy-Marly, l'utilité de ces filtres dégrossisseurs est plus contestable. Pour ne pas être plus nuisibles qu'utiles, il est nécessaire qu'ils soient nettoyés souvent et avec un soin particulier. L'opération a lieu tous les mois ; elle a d'ailleurs été rendue beaucoup plus facile par la simplification qui a été apportée aux appareils. D'abord, on a considérablement réduit le nombre des compartiments en supprimant, au moins en partie, plusieurs cloisons interposées, puis on a cessé d'employer comme matières filtrantes le charbon et les copeaux de fer. En résumé, il n'y a plus que trois compartiments avec une surface filtrante totale de $57^m,50$, uniquement composée de gravier fin, placé au-dessus de gros gravier. Ce gros gravier est contenu dans des boîtes en fer perforées.

Le service des eaux considère les filtres comme particulièrement utiles, pour arrêter les poissons qui, après s'être engagés dans l'aqueduc de Picardie, ne manqueraient pas de pénétrer dans les petites canalisations, au risque de les obstruer.

Le bâtiment qui abrite les filtres se compose d'une épaisse construction en maçonnerie, recouverte d'une voûte en briques et d'un toit. Il est situé à mi-côte de la butte de Picardie, à l'angle que forme la route de Vaucresson en se détachant de la route de Saint-Cloud.

Les bâches dans lesquelles tombe l'eau filtrée sont à la cote $160^m,24$.

De là, les eaux peuvent être refoulées vers les réservoirs des Deux-Moulins ou bien pénétrer d'elles-mêmes dans une conduite d'évacuation, située sur le prolongement de l'axe de l'aqueduc de Picardie à sa terminaison aux filtres.

*Réservoirs des Deux-Moulins*. — Par sa situation élevée,

le réservoir de Picardie pourrait alimenter presque tous les points de la ville, à l'exception des points élevés du nouveau quartier de Clagny et du plateau de Jardy, autrefois déshérités au point de vue de la distribution de l'eau. C'est pour remédier à cette situation que deux réservoirs ont été installés plus haut, sur le plateau des Deux-Moulins, à quelques centaines de mètres seulement du réservoir de Picardie, sur le parcours de l'aqueduc amenant les eaux de Croissy-Marly.

Le plus ancien des réservoirs des Deux-Moulins date de six ans, ses parois sont en tôle ; il possède une couverture en bois goudronné.

Le second réservoir à ossature en fer, parois en ciment, couverture en zinc, a une capacité double ; il contient 80 mètres cubes ; ces réservoirs communiquent. On les nettoie fréquemment et leur contenu se trouve souvent renouvelé.

Comme le réservoir de Picardie, ceux des Deux-Moulins sont uniquement alimentés par l'aqueduc de Picardie. Ils ne reçoivent, par conséquent, que de l'eau des puits de Croissy-Marly. A la sortie des filtres, une partie de l'eau est élevée aux Deux-Moulins par deux machines, installées dans un hangar contigu. Une machine à vapeur assure le service pendant le jour, tandis que la nuit, c'est le tour d'une machine hydrostatique élévatoire du système Samain. Pour refouler l'eau dans les réservoirs qu'elle alimente, la machine Samain emploie comme force motrice l'eau venant de l'aqueduc même de Picardie. La quantité élevée aux Deux-Moulins varie de 70 à 120 mètres cubes par jour.

*Réservoir de Picardie.* — C'est un bassin unique de forme carrée, non couvert, ayant une surface de 3824 mètres et possédant un cube total de 13143 mètres. Pour arriver à ce bassin, placé presque en face, à la cote d'altitude 156$^m$,41, l'eau franchit transversalement en conduite en fonte de 0$^m$,50 et par un siphon souterrain la route nationale n° 185. Le réservoir de Picardie n'a pas pu être établi comme ceux des Deux-Portes sur le sol naturel, constitué uniquement, en cet endroit, par du sable. Pour rendre le terrain imperméable, il fallut le recouvrir d'une couche de terre glaise, épaisse de 0ᵐ,60, relevée sur les côtés en forme de cuvette. Un double mur de soutènement fut enfin construit pour maintenir à l'intérieur et à l'extérieur les bords argileux de cette cuvette. Les réservoirs de Montbauron et de Gobert ont été établis de la même façon.

Bien que le dernier nettoyage du réservoir de Picardie date de quinze ans, le contenu est propre, transparent, sans trace de végétation aquatique. L'eau a bon aspect.

Aucune condition défectueuse de voisinage à constater ; sauf au nord où l'enclos touche à une grande propriété d'agrément, partout les terrains environnants sont dominés par le réservoir. Le contenu est assez bien renouvelé, la soupape de distribution étant placée à un niveau bien inférieur (3ᵐ,41) à celui de la superficie du bassin.

Les soupapes commandent au départ deux conduites de distribution qui ne tardent pas à se réunir. La principale a un diamètre de 0ᵐ,220, l'autre est une simple branche de 0ᵐ,110 de diamètre.

Après s'être fusionnées, les conduites précédentes s'unissent à une autre qui vient directement des filtres. Le mélange du contenu de ces trois conduites réunies prend au delà une triple direction :

A. Réservoir nord de Montbauron et quelques concessions de la butte de ce nom.

B. Les concessions privées des environs immédiats de la butte de Picardie.

C. Le palais de Versailles.

On n'a pas oublié que des filtres part une conduite destinée aux réservoirs des Deux-Moulins. Ce n'est pas tout : une conduite de 0ᵐ,500 de diamètre, partant aussi des filtres de Picardie, sans toucher au réservoir du même nom, aboutit aux réservoirs de Montbauron.

*Réservoirs de Montbauron.* — Les deux réservoirs de Montbauron, éloignés de 1 100 mètres environ, sont à un niveau inférieur à celui des filtres et à celui des réservoirs de Picardie.

Altitude de la superficie des réservoirs de Montbauron... $156^m,41$
— du réservoir de Picardie........ $157^m,91$
— du fond des bâches aux filtres de
Picardie.................... $160^m,24$

Les reservoirs nord et sud sont à peu près rectangulaires, disposés parallèlement de l'ouest à l'est. Le côté ouest, moins éloigné du château, est voisin du carré des soupapes qui règlent la distribution de l'eau envoyée en ville. Disposées toutes sur la même rangée, les soupapes sont placées à l'origine de conduites parallèles se dirigeant, pour la plupart, vers le palais de Versailles.

Ces conduites principales, comme toutes celles qui font partie de la canalisation en ville, sont en fonte, assemblées soit à brides par des boulons fixés au rebord saillant de chaque extrémité, soit à emboîtement réciproque et cordon. Les joints sont faits avec de la corde goudronnée et du plomb coulé, puis maté. L'étanchéité du système semble dans ces conditions assez parfaite.

Les réservoirs de Montbauron ne sont pas couverts.

L'eau qu'ils contiennent n'a pas la limpidité, la transparence de l'eau du réservoir de Picardie. Examiné en masse, le contenu des bassins paraît gris verdâtre. Des îlots herbacés nombreux s'étalent à la surface et sont l'origine de longues ramifications dans la profondeur.

Ces réservoirs auraient besoin d'être vidés à fond pour que l'on puisse non seulement arracher, comme on le fait assez régulièrement, les végétaux qui les encombrent, mais enlever l'épaisse couche de vase qu'ils contiennent. Il faudrait en outre énergiquement brosser leurs parois latérales.

En 1882-83, ils ont subi un nettoyage opéré dans ces conditions, mais depuis ils n'ont été nettoyés qu'en 1891 et d'une façon sommaire.

Le tableau suivant fait connaître, entre autres indications, la surface et la capacité de chacun des réservoirs de **Montbauron**, avec les dimensions et la contenance totales.

| RÉSERVOIRS. | SURFACE MOYENNE. | CAPACITÉ. | HAUTEUR de la superficie. | HAUTEUR des soupapes d'évacuation |
|---|---|---|---|---|
| | m. | m. c. | m. | m |
| Montbauron (nord).... | 17.080 | 58.704 | 156.41 | 153 |
| —          (sud)..... | 16.874 | 56.612 | | |
| Totaux...... | 33.954 | 115.316 | 156.41 | 153 |

Ces réservoirs communiquent à volonté. Les conduites qui en partent communiquent également avant de rayonner dans presque toute la ville

Approvisionnés en eaux de Marly, par des conduites partant directement des filtres et par des conduites venant du réservoir de Picardie, les bassins de Montbauron sont l'aboutissant en outre d'une canalisation qui amène de l'eau des étangs. Ces réservoirs se trouvent donc à la jonction du système de Marly et du système des étangs.

2° **Eau des étangs.** — Les pentes naturelles des plateaux, qui dominent Versailles au sud et à l'ouest, dirigeraient les eaux superficielles vers les vallées voisines, notamment vers celles de l'Yvette et de la Bièvre, si un vaste réseau de rigoles creusées dans le sol et disposées comme le seraient des gouttières à la partie inférieure d'une toiture, n'entouraient ce plateau et n'en conduisaient les eaux ainsi colligées dans une série de réservoirs, créés de main d'homme et improprement dénommés étangs.

Le sous-sol des plateaux de la région Ouest et Sud de Versailles appartient à la série tertiaire parisienne, constituée par du calcaire de Beauce, des meulières de Montmorency, des sables granitiques de Lozère avec des sables et grès de Fontainebleau.

Les terrains superficiels sont argileux dans toute la

région occupée par les étangs et parcourue par le système des rigoles et aqueducs qui les alimentent.

On retrouve de l'argile partout, dans toutes les couches superposées, dans le limon et le diluvium, qui sont des formations complexes contenant de l'argile : dans les sables granitiques, dont les grains sont enrobés d'argile ; dans le calcaire de Beauce, coupé de lits argileux minces ; dans la meulière de Montmorency, plongée dans une argile plastique grise et rouge : dans les sables de Fontainebleau, toujours argileux à la base, imperméables au même titre que les assises qui les surmontent.

Le terrain des plateaux, ainsi constitué, oppose une barrière infranchissable aux eaux pluviales ; celles-ci finissent par s'accumuler à la surface et gagner les parties déclives, grâce aux nombreuses rigoles pratiquées comme autant de drains sur l'étendue des hauts plateaux.

Les surfaces versantes sont d'environ 15 000 hectares, d'après les évaluations de M. Gavin (1), mais depuis quelques années on n'utilise plus, pour l'alimentation de Versailles, que 13 720 hectares. Ce renseignement figure sur une note qui nous a été remise par M. l'inspecteur général Blanche, auquel nous devons en même temps le chiffre des quantités d'eau récoltée depuis 1892. Les étangs de Saclay et de Trou-Salé sont restés à sec de décembre 1893 à décembre 1896, d'après ce que nous apprend la même note.

M. Gavin, se basant sur une expérience de vingt années, estimait, déduction faite des pertes résultant de l'évaporation annuelle, que la moyenne des eaux que les étangs peuvent annuellement recueillir s'élève à 4 500 000 mètres cubes.

D'après le tableau suivant, le rendement n'aurait pas dépassé pendant les cinq dernières années 3 195 066 mètres cubes, tombant ainsi pour chaque hectare de 290 à 233 mètres cubes.

(1) Gavin, *Le service des eaux de Versailles et de Marly* (Revue d'hygiène, t. XIV, n° 11, 1892).

J.-B. FLUTEAU ET G. CARLIER.

3.

*Quantité d'eau d'étangs récoltée depuis 1892.*

| ANNÉE. | ÉPAISSEUR de la tranche d'eaux pluviales tombées dans l'année. | NOMBRE de jours de pluie. | VOLUME D'EAU RÉCOLTÉE. |
|---|---|---|---|
| 1892 | 0,575 | 158 | 4.201.304 m³ |
| 1893 | 0,464 | 146 | 2.145.000 |
| 1894 | 0,523 | 167 | 1.107.000 |
| 1895 | 0,482 | 138 | 444.000 |
| 1896 | 0,710 | 164 | 8.078.027 |
| Totaux...... | 2,754 | 773 | 15.975.331 |
| Moy. annuelles. | 0,550 | 154 | 3.195.066 |

M. Blanche estime que les pluies d'été n'amènent pas d'eau dans les étangs ou retenues, à moins qu'elles ne dépassent $0^m,020$ dans la même journée.

La tradition est d'accord avec les faits d'observation récente pour montrer que l'alimentation des étangs était autrefois plus abondante qu'elle ne l'est maintenant. Déjà en 1892, M. Gavin le constatait. On ne peut se rendre compte de ce fait, d'après lui, que par les modifications et les progrès survenus dans les cultures.

Anciennement, les forêts couvraient en majeure partie l'étendue des 15 000 hectares qui alimentent les étangs, et en outre le tiers des terres labourables restait constamment à l'état de jachères; ces deux circonstances amoindrissaient considérablement la faculté absorbante du sol et augmentaient, par contre, l'écoulement du volume des eaux coulant à la surface.

Pour notre part, nous aurions de la tendance à expliquer la diminution du rendement des surfaces versantes, non seulement par les modifications et les progrès survenus dans l'état des cultures, mais par le mauvais entretien des rigoles et l'abandon de certaines parties du système des étangs.

D'après des calculs tout récents, la capacité respective des principaux étangs serait :
```
```

|                              | Mètres cubes. |
|------------------------------|--------------:|
| Étang de la Tour             | 420.358 |
| — du Perray                  | 148.960 |
| — de Saint-Hubert            | 2.723.696 |
| — du Mesnil-Saint-Denis      | 304.978 |
| — de Saint-Quentin           | 2.969.796 |
| — du Trou-Salé               | 906.328 |
| — de Saclay-Vieux            | 506.784 |
| — de Saclay-Neuf             | 513.814 |
| Total                        | 8.494.654 |

La capacité totale des étangs s'élèverait ainsi à près de
8 500 000 mètres cubes, sans tenir compte de la contenance
des étangs de Bois-d'Arcy, Bois-Robert. et Prés-Clos, dont
la capacité totale pourrait atteindre, selon M. Gavin,
1 341 000 mètres cubes. On arriverait ainsi à un total de
10 millions de mètres cubes pour la contenance de l'ensemble
des étangs.

*Description générale des étangs et rigoles.* — Vingt-trois
étangs et retenues recueillent, pour l'alimentation de Versailles, les eaux de pluies qui s'écoulent à la surface des deux
plateaux, compris d'une part à l'ouest, entre Versailles et
Rambouillet, et d'autre part au sud entre les vallées de la
Bièvre et de l'Yvette. Les premiers, plus élevés que les
seconds, sont compris dans les cotes de 158 à 171 mètres.
La cote pour les étangs de l'étage inférieur oscille entre
144 et 158.

Les étangs de l'étage supérieur sont au nombre de sept. Ce
sont, en allant de l'ouest à l'est, de Rambouillet à Versailles,
les étangs : 1° de la Tour ; 2° du Perray ; 3° de Saint-Hubert ;
4° du Mesnil-Saint-Denis ; 5° de Trappes ou Saint-Quentin ;
6° de Bois-d'Arcy ; 7° de Bois-Robert.

La deuxième zone ou étage inférieur ne comprend que
les trois étangs de : Saclay, Trou-Salé et Prés-Clos.

Une longue rigole (17$^{km}$,500), rigole de Guyancourt,
reçoit à son origine le trop-plein de l'étang de Saint-
Quentin et se dirige vers l'étang du Trou-Salé, pour aboutir
à celui de Saclay, faisant ainsi communiquer les étangs
des deux étages.

Des surfaces versantes, les eaux sont recueillies dans les étangs, directement ou par tout un système de petits canaux ou rigoles à ciel ouvert formant dans leur ensemble un immense drainage dont le développement atteint $79^{km},214$.

Quant aux étangs, ils communiquent par des rigoles ou le plus souvent par des conduites en maçonnerie ou pierrées et des aqueducs souterrains de plus grand diamètre. Le développement total du système de rigoles et canalisations de toute nature, établies entre les étangs, n'est pas inférieur à $33^{km},077$. La longueur des tranchées, rigoles et conduites sillonnant à divers titres et en divers sens la région tributaire des étangs pour les alimenter ou les relier, soit entre eux, soit avec les réservoirs de Versailles, atteint $112^{km},291$.

Conçu par Vauban, et exécuté d'après ses indications, ce système n'a pas subi de modifications sensibles depuis l'époque de la construction des ouvrages. C'est assez dire que les principes actuels de l'hygiène n'ont guère présidé à son élaboration. Il est évidemment impossible de procéder au captage des eaux de surface comme on capte les eaux d'une source ou d'une rivière. Il existe donc, à l'origine même de ce système hydraulique, toute une série de défectuosités irréparables, inhérentes en grande partie au système lui-même. Mais une fois recueillie dans les retenues et étangs, l'eau aurait pu et pourrait encore être mieux protégée. Il existe donc, dans tout l'appareil, nombre de desiderata auxquels il serait urgent d'apporter remède, si Versailles devait rester tributaire des eaux des étangs.

Les terrains sur lesquels s'opère le drainage, et que les canaux parcourent pour arriver jusqu'aux diverses retenues, sont des terrains de cultures ou des terrains boisés. Leurs couches superficielles, formées en majeure partie d'argiles de toutes catégories et de tous aspects, sont imperméables : tous les ans, dans les parties cultivées, qui sont les plus nombreuses, les surfaces se trouvent recouvertes

de fumier et d'immondices apportés de Versailles ou de
Paris. C'est après avoir glissé sur ces terrains, riches en
matières organiques, que les eaux viennent se collecter
dans les rigoles. Celles-ci ne sont que des canaux en terre,
de diamètre très variable, et à ciel ouvert, ayant la forme
d'un trapèze renversé; leur profondeur varie de 0ᵐ,50 environ à 2 mètres. Les plus importantes sont protégées par
les talus en terre, qui, au moment de la création des ouvrages, ont été formés par le déblai du terrain. Dans beaucoup
d'endroits, les talus protecteurs ont disparu, nivelés peu à
peu par les riverains ou attaqués par le temps qui a fait
descendre insensiblement dans le lit de la rigole les bords
surélevés à l'origine.

Il en résulte que les talus se trouvent placés maintenant
bien souvent presque au même niveau que les terres voisines. Comme les rigoles occupent généralement la partie la
plus déclive du terrain, elles finissent par recevoir directement, après les grandes pluies, les eaux qui ont coulé sur
le sol, et entraîné des détritus et impuretés de toute nature.

Ainsi se trouvent secondairement contaminées, par ce
mélange dans leur parcours au milieu des rigoles, les eaux
de surface qui ont pu être recueillies en certains points sur
un sol boisé, relativement peu chargé d'impuretés.

Dans les endroits où les talus sont restés intacts, on a pratiqué des brèches, de manière à faire arriver plus directement
dans la rigole les eaux qui tombent sur les terres voisines.

La pente générale du trajet suivi par les canaux est
assez faible : en certains points, l'écoulement est à peu près
nul, de telle sorte que souvent sur le parcours on trouve
des eaux croupissantes, constituant de véritables petits ma-
récages. C'est ce que l'on peut constater, en particulier au
pourtour des étangs de la Tour, du Perray et de Saint-Hubert,
alimentés par des rigoles dans lesquelles l'écoulement peut
se faire indistinctement dans les deux sens.

Les rigoles sont en général mal entretenues, cela n'est
pas douteux ; il ne serait peut-être pas juste de dire

qu'elles ne sont jamais nettoyées; mais si l'on en juge par la vase et la quantité de plantes marécageuses qui se trouvent au fond, on peut affirmer que ces nettoyages sont trop rares et insuffisants.

Les aqueducs souterrains sont voûtés et assez élevés pour qu'un homme puisse y pénétrer. Leurs parois et la voûte ont été faites en maçonnerie de meulière et chaux hydraulique, de la même façon que l'aqueduc de Picardie et les réservoirs. Quel que soit le soin que l'on ait accordé à la construction primitivement établie, les aqueducs ont souvent besoin de réparations; il se produit constamment des fissures qui permettent les infiltrations venant de la surface.

Ainsi les eaux, pendant leur trajet dans les canaux et rigoles, sont exposées à de nombreuses causes de contamination. En examinant les étangs, on voit que les sources d'impuretés ne sont pas moins nombreuses.

*Étangs.* — Constitués par des cuvettes à fond plat, argileux, les étangs se trouvent exposés, comme les canaux qui les alimentent, à recevoir toutes les souillures de l'atmosphère et surtout les impuretés qui proviennent des terres cultivées, aux environs immédiats. Les bords sont marécageux, alternativement couverts et découverts, par suite des variations considérables de niveau. Ce sont là des conditions éminemment propices à la végétation aquatique et à la pullulation des microorganismes. Dans certains étangs, où la pente est faible et les masses d'eau peu profondes, la végétation est tellement active que tous les ans on est obligé, pour empêcher le fond d'être envahi, de procéder à l'arrachement et au fauchage des plantes marécageuses. Ce nettoyage, un peu sommaire, ne contribue pas à la pureté du contenu.

Pendant l'été, les parties découvertes des étangs sont soumises au pâturage. Pendant plusieurs mois de l'année, les troupeaux, bœufs ou moutons, viennent paître sur les bords et déposer leurs déjections sur des espaces qui, avec le retour des pluies, seront recouverts par les eaux. Le contenu se montre presque constamment trouble, terreux, jaunâtre, désagréable à l'œil et au goût. Ces remarques s'appliquent particulièrement à l'étang de Saint-Quentin, qui constitue la principale réserve des eaux d'étangs. C'est là que le service des eaux « fait descendre », selon l'expression consacrée, toutes les eaux de l'étage supérieur avant de remplir les réservoirs de Montbauron et de procéder à leur distribution en ville.

En dehors des critiques précédentes qui s'adressent en général, mais à des degrés divers, à tous les étangs, il en est d'autres qui sont spéciales à chacun d'eux et qui dépendent de leur situation, des habitations qui se trouvent à proximité ou de toute autre cause.

*Étang de la Tour.* — A l'origine de tout le système de Trappes, à l'altitude de 171$^m$,09, se trouve l'étang de la Tour, d'une contenance de 420 358 mètres cubes. Dans plusieurs des canaux ou rigoles qui dépendent de cet étang, l'écoulement est excessivement ralenti.

*Étang du Perray.* — Surface : 19 hectares 67 ares ; longueur : 1 026 mètres ; périmètre : 2 829 mètres ; cube : 148 900 mètres cubes. A 5 kilomètres au sud de l'étang de la Tour, à 25 kilomètres environ de Versailles sur la route de Rambouillet, à l'extrémité est du village du Perray, dont il baigne pour ainsi dire les dernières maisons. Sa superficie est à la cote 174$^m$.95. Il est coupé par la voie ferrée en deux parties qui communiquent entre elles par un canal voûté.

Cet étang et celui de la Tour sont mal protégés contre les souillures extérieures. Tous deux servent de lavoirs aux habitants du voisinage.

*Étangs de Saint-Hubert.* — Les étangs de Saint-Hubert occupent, à l'altitude de 174$^m$.76, une surface de 203 hectares 79 ares, ayant un périmètre de 16 kilomètres 316 mètres. Contenance : 2 723 696 mètres cubes.

Le sol qui entoure ces étangs, occupé par des bois et des terrains de culture, était autrefois parsemé de rigoles, chargées de le drainer et de recueillir les eaux.

Dans les bois qui ont été conservés, on retrouve les rigoles
à peu près intactes, mais dépourvues de pente et par suite
d'écoulement ; ailleurs, dans les terres cultivées, elles ont à
peu près disparu ; les eaux pluviales se rendent plus ou
moins directement dans l'étang.

On lave du linge dans les étangs de Saint-Hubert, et l'on
choisit même de préférence pour cela le bassin dans lequel
l'eau se trouve plus abondante et plus claire : c'est le bassin
inférieur ou étang I^{er} de Port-Royal.

Nous n'avons analysé qu'une seule fois les eaux des étangs
de Saint-Hubert. L'échantillon, recueilli le 23 avril vers
le soir dans l'étang de Port-Royal, n'a pu être ensemencé
que le lendemain matin à 8 heures, après avoir été abandonné la nuit, sans être entouré de glace, sur le rebord
extérieur d'une fenêtre, à une température voisine de 5°.

Dès le troisième jour, une boîte de Pétri ensemencée avec
1 centimètre cube de dilution au 1/10°, et une autre avec
de la dilution au 1/100°, étaient complètement liquéfiées.
La numération n'a pu être faite que jusqu'au sixième jour,
sur les plaques au 1/500° et jusqu'au huitième jour sur
les plaques au 1/1000°. On a compté 31 820 colonies par
centimètre cube, et parmi elles on a isolé, avec le *Bacterium coli*, le *bacille d'Eberth*. Ce résultat prouve que l'eau
des étangs de Saint-Hubert, déjà très riche en microorganismes, est chargée de germes, qui rendent son emploi
excessivement dangereux.

Déjà, après les nombreuses analyses chimiques que
M. Lacour avait faites des eaux d'étangs, en particulier des
eaux des étangs de Saint-Hubert, on pouvait préjuger de
l'extrême richesse de ces eaux en bactéries. Elles sont, de
même que celles de Trappes, pauvres en oxygène libre et
très chargées de matières organiques.

L'eau des étangs de Saclay et du Trou-Salé aurait une
composition chimique analogue ; après l'évaporation, elle
laisserait un résidu plus abondant encore et plus riche en
matières organiques.

*Étang du Mesnil-Saint-Denis.* — Altitude de 169m,72 : contenance : 304978 mètres cubes ; surface : 49 hectares ; longueur : 1 kilomètre ; périmètre : 3 kilomètres : entre la station de La Verrière au nord et le village du Mesnil-Saint-Denis au sud. Moins bien entretenu encore que les autres, cet étang est presque envahi par les roseaux. Par ses côtés nord et ouest, il est en contact avec les terres de labour, tandis qu'au sud et à l'est il est protégé par l'aqueduc qui amène les eaux de Saint-Hubert (Grand-Lit-de-Rivière).

A l'extrémité de l'étang, voisine de la station de La Verrière, se trouvent deux fermes. La plus éloignée, qui est la plus importante, peut se débarrasser de ses eaux résiduaires en les envoyant dans l'étang, en passant par un fossé, puis par une rigole.

Les eaux de l'autre ferme aboutissent à un fossé d'où finalement elles tombent dans une mare voisine de l'étang et en communication avec lui.

Un peu au-dessus de la première ferme, mais séparé d'elle par la route et le fossé qui la côtoie, on voit un lavoir couvert dont les eaux viennent également se déverser dans une rigole aboutissant à l'étang.

Du côté opposé, sur le bord de la route conduisant au village, existe un grand lavoir couvert, alimenté au moyen d'une conduite passant sous la route. En sortant de ce lavoir, les eaux impures coulent dans une rigole qui a absolument le même aspect que celles qui desservent les étangs. Avant la construction du lavoir, c'est probablement par là qu'était déversé le trop-plein de l'étang du Mesnil-Saint-Denis. Cette rigole paraît rejoindre celle de Guyancourt, et mélanger son contenu avec le trop-plein qui, de l'étang de Saint-Quentin, se dirige vers les étangs du Trou-Salé et de Saclay.

*Étang de Saint-Quentin.* — C'est le plus grand de tous : on l'aperçoit à droite de la route de Paris à Brest, entre les stations de Saint-Léger et de Trappes ; sa superficie est de 216 hectares 39 ares, sa plus grande longueur de

2 650 mètres, son périmètre de 8 705 mètres et son cube total de 2 969 796 mètres. A l'extrémité de l'étang, près de la rigole générale d'écoulement venant des étangs supérieurs, il existe une importante distillerie d'alcool de betteraves. L'usine déverse ses eaux dans une rigole qui arrive jusqu'au bord du Grand-Lit-de-Rivière. En ce point, une conduite en planches, accolée à un ponceau jeté sur l'aqueduc, est destinée à transporter les eaux sales au delà. Le conduit est fait très grossièrement; les planches sont mal jointes; elles portent des traces indubitables des liquides qu'elles laissent suinter et tomber dans le canal d'évacuation lorsque l'usine est en activité.

Ce canal est encore l'aboutissant, un peu plus haut, à son passage sous la route de Brest, des fossés qui longent cette route.

L'étang reçoit dans ces parages la rigole de la Vache noire, dont le parcours de 1 700 mètres s'effectue en partie au milieu du village de Trappes, ce qui ne contribue pas à purifier son contenu.

A l'extrémité opposée, on pouvait, il y a quelques années, voir, au bord de l'étang, un écriteau indiquant les limites dans lesquelles il était permis de laver du linge.

L'écriteau a disparu, mais la tolérance accordée et l'habitude prise sont restées. En hiver, on trouve généralement de l'eau partout aux environs, les habitants n'ont pas besoin de se déplacer pour le lavage du linge; mais en été, lorsque les mares sont desséchées, des villages de Trappes et de Bois-d'Arcy, ainsi que des habitations dispersées aux environs, on vient volontiers à l'étang de Saint-Quentin. Au niveau de la chaussée surélevée, qui borde l'étang, à l'arrivée du côté de Versailles, nous avons vu à maintes reprises, notamment à la fin de juillet dernier, plusieurs groupes de blanchisseuses tranquillement installées. C'est de préférence aux abords de l'aqueduc de Bois-d'Arcy que se tiennent les femmes qui lavent du linge dans l'étang. A cet endroit, on a pu, toute une année, voir se baignant dans les eaux deux amas de roseaux et autres herbes marécageuses transformés peu à peu en dépôt de fumier et d'immondices.

Tout près de la chaussée, et pour ainsi dire à cheval sur l'aqueduc de Bois-d'Arcy, dont l'écoulement se fait dans les deux sens, on trouve une métairie qui peut évacuer ses eaux ménagères dans l'aqueduc.

L'eau de l'étang de Saint-Quentin a été soumise trois fois par nos soins à un examen bactériologique, dont voici le résultat :

1° *Ensemencement du 19 décembre 1896.* — Échantillon pris à l'origine de l'aqueduc de Trappes. La gélatine ensemencée avec de l'eau diluée au 1 10° est totalement liquéfiée dès le cinquième jour, la dilution au 1 100° donne le même résultat dès le lendemain et la dilution au 1,500° le huitième jour. Nombre de colonies par centimètre cube : 18 500.

Toutes les boîtes de Pétri ensemencées répandent une odeur infecte ; la gélatine liquéfiée est colorée en jaune verdâtre.

La présence du bacille d'Eberth ne peut être décelée, mais le *Bacterium coli* est excessivement abondant ; de plus, on trouve un bacille paratyphique sur les caractères duquel on reviendra ultérieurement.

2° *Ensemencement du 26 mars 1897.* — L'échantillon qui sert aux ensemencements a été prélevé au même point que le précédent. La dilution au 1/10° liquéfie toute la gélatine le troisième jour, la dilution au 1/100° le cinquième jour, et la dilution au 1/500° le sixième jour. Numération des colonies par centimètre cube : 6 000. Absence de bacilles d'Eberth ; *colibacille* en grande quantité. Présence du staphylocoque doré.

3° *Ensemencement du 2 avril 1897.* — Échantillon toujours pris au même point. La gélatine est liquéfiée le quatrième jour avec le liquide dilué au 1/10°, le sixième jour avec le liquide dilué au 1/100°, et le troisième jour avec le liquide dilué au 1 500°. Nombre de colonies par centimètre cube : 8 000. Le *Bacterium coli* est abondant, mais il n'existe pas de bacille d'Eberth.

Le résultat de chacune de ces analyses est constant : il indique que l'eau de l'étang de Saint-Quentin est impure et tout à fait impropre à la consommation.

*Étangs de Bois-d'Arcy et de Bois-Robert.* — Un peu avant son débouché dans l'étang de Saint-Quentin, le Grand-Lit-de-

Rivière donne une bifurcation appelée le Petit-Lit-de-Rivière qui contourne l'étang de Saint-Quentin pour se rendre aux étangs de Bois-d'Arcy et de Bois-Robert, sous le nom d'aqueduc de Bois-d'Arcy. Le Petit-Lit-de-Rivière mesure 4500 mètres de longueur : il reste à sec la plus grande partie du temps, ainsi que la rigole des Clayes (4900 mètres), qui alimente les étangs de Bois-d'Arcy et de Bois-Robert. Ces étangs étaient abandonnés depuis plusieurs années, lorsque, pendant l'hiver de 1896-97, après les grandes pluies de l'automne précédent, ils ont pu être remplis et utilisés depuis au même titre que les autres.

Les deux étangs communiquent ; ils s'étendent à la sortie de la gare de Saint-Cyr à l'origine de la bifurcation des lignes de Granville et de Brest, sur une surface totale de 105 hectares.

*Aqueduc de Trappes.* — Les eaux de l'étage supérieur se dirigent de l'étang de Saint-Quentin sur Versailles par un aqueduc souterrain, d'un développement de 11109 mètres. Sa hauteur est de 1$^m$,70, sa largeur de 1 mètre ; sa profondeur dans le sol à partir du radier varie de 2$^m$,60 à 22$^m$,60. Il touche d'abord à l'extrémité est de l'étang de Bois-Robert, auquel il sert d'écoulement, puis contourne les coteaux situés à l'origine des vallées principales et secondaires de la Bièvre, passe dans le bois du Désert au sud du plateau de Satory, et, après avoir traversé le bois de Saint-Martin, vient déboucher à Versailles au carré dit de Trappes, placé sur la butte de Gobert, dans l'enclos des réservoirs de ce nom, à la cote 156$^m$,41.

L'aqueduc de Trappes n'est pas étanche ; il laisse échapper une partie de son contenu. Pendant les orages, il reçoit les eaux de pluie qui s'infiltrent à travers les parois et rendent encore plus trouble l'eau amenée en ville. Une partie des pieds-droits de la voûte menace ruine ; chaque année on est obligé de les refaire sur une certaine longueur.

*Filtre du carré de Trappes.* — A leur arrivée à Versailles dans l'enclos de Gobert, les eaux des étangs passent sur une surface filtrante disposée en forme de trapèze, ayant 32$^m$,86 de superficie. Le filtre est composé d'une couche de gravier fin, épaisse de 1$^m$,30 à 1$^m$,75, reposant sur du gros gravier renfermé dans des boîtes en tôle perforée. La filtration a lieu de haut en bas. L'eau, reçue dans un bassin rectangulaire de petites dimensions, se rend par trois conduites en fonte de 0$^m$,540 aux réservoirs de Montbauron.

Du même bassin, l'eau peut être envoyée dans les étangs de Gobert par une quatrième conduite en fonte de 0$^m$,220 de diamètre. Cette conduite établit une communication entre le système de Trappes et celui de Saclay.

*Étang de Saclay.* — L'étang de Saclay, situé un peu au delà du fort de Villeras, à environ 12 kilomètres de Versailles, sur la route d'Orléans par Jouy-en-Josas, est divisé en deux parties, l'étang vieux de Saclay à l'ouest et l'étang neuf de Saclay à l'est. Contenance totale : 1 020 598 mètres cubes.

*Analyse bactériologique.* — Le 24 mars, de l'eau de Saclay, prise dans l'étang vieux, contenait dès le sixième jour 6 500 bactéries par centimètre cube ; la numération n'a pu être poursuivie plus longtemps, à cause de la liquéfaction rapide de la gélatine sur toutes les plaques, qui répandaient une odeur infecte et étaient colorées en jaune verdâtre. Il a été possible d'isoler, outre le bacille pyocyanique, plusieurs espèces pathogènes comme le bacille d'Eberth, le colibacille et le staphylocoque doré.

L'eau de l'étang de Saclay est donc d'une extrême impureté, son usage excessivement dangereux.

*Étang du Trou-Salé.* — De Saclay, l'eau est amenée en bas de l'étang du Trou-Salé par un aqueduc de 2 500 mètres. L'étang du Trou-Salé touche à l'étang de Prés-Clos situé un peu plus au nord. La superficie de l'étang du Trou-Salé égale 49 hectares 23 ares, son périmètre mesure 4 405 mètres. On le trouve à 6 kilomètres environ de Versailles sur le plateau de Buc. Sa contenance est de 906 328 mètres cubes. La route de Toussus-le-Noble et Châteaufort passe sur la digue de retenue de l'étang. Nous retrouvons là une disposition, exceptionnelle aujourd'hui, mais qui était autrefois commune à beaucoup d'étangs, dont les levées de terre ou chaussées servaient ainsi de route.

La digue est traversée par six canaux en maçonnerie qui font communiquer la surface de la route, déprimée en ce point, avec des gargouilles placées à 2 mètres environ au-dessus du niveau de l'étang. On voit qu'autrefois la quantité d'eau recueillie importait plus que la qualité. Il est surprenant qu'une disposition aussi manifestement contraire à la pureté de l'eau contenue dans l'étang et aussi facile à supprimer persiste encore.

Nous avons procédé deux fois à l'analyse bactériologique de l'eau du Trou-Salé.

1° *Ensemencement du 17 mars.* — 6875 germes par centimètre cube. La liquéfaction se fait, du cinquième au dixième jour, selon le taux de la dilution. Odeur infecte du contenu des plaques liquéfiées et colorées en vert. *Bacterium coli* en très grande quantité. Absence certaine de bacilles d'Eberth.

2° *Ensemencement du 1er mai.* — 5750 bactéries. La liquéfaction de la gélatine empêche la numération à partir du neuvième jour. Le contenu des boîtes de Pétri a une forte odeur putride. On constate de nouveau l'absence du bacille d'Eberth en même temps que l'abondance du colibacille.

Il ressort clairement de ces deux analyses que l'eau de l'étang du Trou-Salé est de mauvaise qualité. Elle se déverse dans l'aqueduc de Saclay ; longueur : 7655 mètres ; hauteur : 1ᵐ,65 ; largeur : 1 mètre. La profondeur au-dessous du sol, comptée à partir du radier, varie de 4ᵐ,90 à 30 mètres. Cet aqueduc est en meilleur état que celui de Trappes, mais il laisse perdre aussi une certaine quantité d'eau et reçoit des infiltrations.

Au départ de Saclay et du Trou-Salé existent des vannes et soupapes destinées à suspendre l'arrivée de l'eau ou à régler son écoulement. Sur le parcours se trouvent des décharges pour vider l'aqueduc s'il y a lieu. Les mêmes dispositions s'observent à l'aqueduc de Trappes.

Du carré de Saclay, dont la situation sur la butte de l'enclos de Gobert est à l'altitude 148, plusieurs mètres plus bas que le niveau du carré de Trappes, les eaux des étangs de l'étage inférieur se déversent dans les réservoirs de Gobert.

*Réservoirs de Gobert.* — Ces réservoirs occupent un vaste terrain quadrilatère surélevé, dominant la caserne de Noailles à l'ouest et l'avenue de Sceaux au nord-ouest, la rue des Chantiers au nord, la gare du même nom à l'est et s'étendant au sud par-dessus les voies ferrées, depuis le grand couvent des Augustines jusqu'au bois de Saint-Martin.

En pénétrant dans l'enclos par la rue Édouard-Charton, on aperçoit la surface des réservoirs, d'abord celle du réservoir long dirigé du nord au sud, puis celle du réservoir carré situé plus au nord. Les réservoirs sont en communication directe, par des tuyaux en fonte de gros diamètre, interceptés par des soupapes en bronze. Les deux bassins sont presque d'égales dimensions. Les surfaces réunies donnent une superficie totale de 33 954 mètres avec un cube de 115 320 mètres. Elles sont à 141$^m$,51 d'altitude, tandis que les réservoirs de Montbauron se trouvent à 15 mètres plus haut. Il en résulte que si presque tous les points de la ville sont indistinctement accessibles à l'eau envoyée de Montbauron, celle des réservoirs de Gobert ne peut être distribuée que dans les quartiers bas, en particulier rue des Réservoirs, rue Maurepas, et dans les rues adjacentes. On a installé auprès du réservoir long une machine à vapeur pour refouler, le cas échéant, l'eau de Gobert à Montbauron (1).

On a vu d'autre part qu'une partie de l'eau du système de Trappes peut inversement descendre du carré de Trappes dans les étangs de Gobert. Les réservoirs de Gobert, au même titre que ceux de Montbauron, sont donc disposés de façon à recevoir, si l'utilité en est reconnue, un mélange d'eau de

(1) La même machine, au moyen d'une deuxième pompe, sert constamment à élever de l'eau dans un réservoir cylindrique d'une capacité de 100 mètres cubes, placé à la partie la plus élevée de la butte, pour desservir la commune de Buc, dont la consommation moyenne par jour est évaluée à 18 ou 20 mètres cubes.

Saclay et d'eau de Trappes. Mais, outre leur situation à un niveau relativement bas, ce qui distingue le plus les réservoirs de Gobert, c'est qu'ils ne peuvent jamais contenir que l'eau d'étangs.

Leur contenu a un aspect sale, gris noirâtre ; en tout temps, il est trouble et laisse déposer une grande quantité de matières en suspension. Le dernier nettoyage des bassins, pratiqué en 1895, a permis d'en retirer une couche de vase épaisse de 35 à 40 centimètres, qui, au fur et à mesure des opérations, a été rejetée directement dans l'égout voisin. Cette pratique est infiniment plus recommandable que celle suivie auparavant à Montbauron. On s'était alors contenté de déposer la vase dans l'épaisseur des talus qui limitent les bassins.

Les réservoirs de Gobert, comme tous ceux qui sont établis à Versailles sur le terrain naturel, ne peuvent d'ailleurs jamais être nettoyés d'une façon complète; on risquerait d'en détériorer le fond, si on pratiquait autre chose que l'enlèvement grossier du dépôt vaseux.

A la surface s'étalent de nombreux ilots de plantes aquatiques dont les longues ramifications encombrent le fond des réservoirs.

L'eau Gobert est moins souvent renouvelée que celle de Montbauron et de Picardie. De mai à octobre, elle l'est cependant, mais d'une façon incomplète, pour le jeu des grandes eaux.

Les bassins ne sont pas couverts. Leur contenu paraît assez bien à l'abri des causes de contamination de voisinage.

Un lavoir se trouve à proximité, mais en contre-bas ; de plus, ses eaux se déversent à l'opposé des réservoirs, dans l'abreuvoir de l'avenue de Sceaux. On ajoutera que, contrairement à ce qui a lieu au carré de Trappes pour les eaux de l'étage supérieur, au carré de Saclay, celles de l'étage inférieur ne passent sur aucun filtre, quelque rudimentaire et insuffisant qu'il soit.

3° **Eau des sources.** — Tandis qu'il faisait recueillir

les eaux de surface pour constituer les étangs, Colbert or-
donnait la recherche de toutes les sources des environs. Il
allait ainsi doter la ville de Versailles d'eaux qui sont regar-
dées, actuellement encore, comme les meilleures. L'adduction des eaux de sources a été faite au moyen d'un système d'aqueducs souterrains, ayant un développement de
9 149 mètres, et d'un système de conduites en fonte et en grès,
s'étendant sur une longueur de 8 182 mètres sous des terrains qui dépendent du Service des eaux et forment une
surface totale de 277 625 mètres.

Les sources de Colbert, en raison de la faiblesse de leur
débit, ne présentent qu'un intérêt secondaire. Elles nécessi-
tent néanmoins quelques considérations, puisqu'elles concourent à alimenter la ville et qu'elles entrent dans l'alimentation de certains éléments de la garnison. C'est ainsi que
les troupes du camp de Satory reçoivent de l'eau que l'on
vient chercher chaque jour avec des tonneaux sur roues à
la fontaine monumentale de Saint-Louis et à la fontaine
Ouest de la place Hoche. Cette dernière fontaine sert également aux besoins des élèves-officiers de l'École de l'artillerie
et du génie.

Or, ces deux fontaines sont alimentées par les eaux des
sources de Colbert. Les cantines, les ménages de sous-offi-
ciers, comme beaucoup d'autres qui ont dans leur voisinage
des bornes-fontaines distribuant de l'eau de source, viennent
puiser à ces bornes-fontaines, en raison de la bonne réputation dont jouissent dans le public les sources de Colbert.

Ces sources se composent de toutes celles qui furent captées sous Louis XIV, au nord de Versailles. Quelques-unes
se trouvent au centre de la région sur les territoires de la
commune de Rocquencourt et celle du Chesnay; d'autres
occupent à l'est la plaine des Fonds-Maréchaux, en deçà du
bois des Hubies ; enfin un troisième groupe, de tous le plus
important, s'étend à l'ouest des sources précédentes dans les
plaines du Trou-d'Enfer, de Bailly et de Vauluceaux, au sud
de la forêt de Marly.

J.-B. FLUTEAU ET G. CARLIER.                    4

Réunies en un point de la plaine du Chesnay dit *Carré de Réunion*, les eaux des sources de Colbert arrivent à Versailles par deux conduites; l'une d'elles, en partie abandonnée, pénètre dans le parc par la porte Saint-Antoine et se bifurque bientôt pour se porter soit à Trianon (partie abandonnée), soit à une courte distance dans l'avenue qui, à l'intérieur du parc, réunit la porte Saint-Antoine et celle du boulevard de la Reine; l'autre gagne la ville par la rue de l'Ermitage, la rue Maurepas, etc.

C'est cette conduite qui, en se ramifiant, va alimenter sept fontaines publiques disséminées dans les quartiers de Notre-Dame et de Saint-Louis. Ce sont : 1° la borne-fontaine de la rue Berthier, près de la rue Maurepas : 2 la borne-fontaine du boulevard de la Reine à l'angle de la rue des Réservoirs: 3° la fontaine de la rue des Réservoirs, en face la rue Carnot; 4° la fontaine de la place Hoche, du côté des Réservoirs ; 5° la fontaine de la Rampe, à l'angle des rues de Gravelle et de Satory ; 6° la fontaine des Quatre-Bornes, à l'angle des rues de l'Orangerie et de Satory; 7° la fontaine Saint-Louis.

Une huitième fontaine de la ville reçoit de l'eau de source, mais par une conduite spéciale, en grès, dont le point de départ se trouve plus à l'est que celui des conduites et aqueducs précédemment énumérés. Cette conduite est alimentée par les sources de la plaine des Fonds-Maréchaux; elle a 2 250 mètres de développement et fait suite à un aqueduc, long de 780 mètres. La superficie des terrains de cette branche du service est de 277 625 mètres. La fontaine qui en dépend est celle de la rue de Beauvau.

Enfin, dans la plaine du Chesnay, entre la conduite des Fonds-Maréchaux et celle qui contient l'eau de la Chambre Flachard, on trouve, complètement abandonnés, la conduite et l'aqueduc des « Puits-de-la-Reine ». La conduite est en bois, elle a une longueur de 1 035 mètres ; l'aqueduc mesure 660 mètres.

Le service de ces eaux de sources, délaissé depuis longtemps, n'a plus qu'un rendement bien inférieur à celui qu'il avait autrefois. M. Gavin, d'après un jaugeage exécuté en 1875, estimait que les sources, malgré le mauvais état du service, donnaient encore par vingt-quatre heures un volume d'environ 120 mètres cubes. Il évaluait à 130 mètres cubes la quantité d'eau perdue pendant le même temps pour la consommation. Rechercher celles des sources de la plaine du Trou-d'Enfer et de Bailly qui ont certainement disparu, si l'on en juge par le développement et les dimensions qui avaient été donnés aux aqueducs de cette région; aménager l'eau qui s'écoule en pure perte à la surface de la Chambre de Réunion de la plaine du Chesnay; utiliser l'excédent resté sans emploi des eaux qui alimentent deux lavoirs: l'un situé sur la commune de Rocquencourt, l'autre sur la commune du Chesnay; aménager les puits de la Reine et enfin drainer les plaines du Chesnay et des Fonds-Maréchaux: telles étaient les améliorations que l'ancien inspecteur du Service des eaux signalait dès 1892 comme indispensables. Cet avis n'a pas été suivi; rien n'a été fait depuis de longues années pour rendre aux sources de Colbert l'équivalent de leur ancien débit.

On évalue aujourd'hui à 100 mètres cubes par jour environ le rendement de celles qui n'ont pas disparu.

Il y a quelques années encore, un certain nombre de concessions, une soixantaine, paraît-il, étaient alimentées par les canalisations des sources de Colbert; ce nombre est à présent réduit à 5, dont 4 pour la conduite venant des Fonds-Maréchaux et une seule pour la conduite qui pénètre en ville par la rue de l'Ermitage et gagne la rue de l'Orangerie par les rues des Réservoirs, Carnot, la place d'Armes et la rue de Satory.

L'eau que fournissent les sources de Colbert présente tous les caractères physiques et organoleptiques que l'on se plaît à reconnaître dans les eaux de bonne qualité.

Aucune caserne, aucun établissement militaire ne reçoit de cette eau.

M. le pharmacien principal Lacour a conclu de ses ana-

lyses chimiques que toutes les eaux de sources de Colbert
sont potables.

*Analyses bactériologiques.* — Ensemencements du 20 mai 1897.

1° Eau de la place Hoche : 1 500 colonies par centimètre cube.
Liquéfaction de la gélatine au septième jour. Absence du bacille
d'Eberth, comme du colibacille.

2° Eau de la fontaine Saint-Louis : Nombre de microorganismes
par centimètre cube : 1 000. La liquéfaction de la gélatine empêche
la numération à partir du neuvième jour.

On ne trouve ni bacille d'Eberth ni *Bacterium coli.*

Les résultats de ces analyses confirment jusqu'à un certain point la bonne réputation dont jouissent dans le public
les eaux de source de Colbert. Malgré tout défaut de surveillance de la part du service compétent, malgré l'abandon
dans lequel sont tombés nombre des ouvrages faits il y a
deux cent dix-sept ans pour la captation et l'adduction des
sources, il est certain que, dans les conditions actuelles,
l'usage de ces eaux ne présente pas de danger. Mais il n'est
pas douteux que si des travaux ne sont pas entrepris pro-
chainement pour remettre les ouvrages en l'état primitif, si
toute espèce de surveillance continue à manquer, leur qualité sera sérieusement compromise. En maints endroits,
dans les plaines de Bailly, de Rocquencourt et surtout du
Chesnay, que sillonnent des canalisations placées à une
faible profondeur dans le sol, la surface des terrains de culture est recouverte chaque année de matières fertilisantes
éminemment putrescibles, comme les gadoues ; des infiltrations venant de ce milieu et se produisant dans les conduites seraient particulièrement dangereuses. Jusqu'à présent, cet accident ne paraît pas s'être produit, mais c'est
uniquement sans doute grâce au soin avec lequel les premiers travaux ont été faits.

Nous n'avons pas soumis l'eau de la fontaine Beauvau à
l'analyse bactériologique, parce que, située dans un quartier
éloigné de tout établissement militaire, cette fontaine n'est
utilisée par aucun élément de l'armée. Si l'on ne considé-

rait que le degré hydrotimétrique (19°,5), l'eau qu'elle fournit devrait occuper une des meilleures places parmi toutes celles que l'on boit à Versailles, mais l'on ne peut s'empêcher de faire *à priori* des réserves sur sa bonne qualité, lorsque l'on voit, sur les tableaux de M. Lacour, l'énorme quantité d'oxygène (8 centigrammes par litre) qu'elle emprunte au permanganate de potasse en solution alcaline.

4° **Eau distribuée à Versailles**. — On sait que les réservoirs de Versailles sont alimentés de différentes façons. Ceux des Deux-Moulins et de Picardie ne contiennent jamais que de l'eau venant des puits de Croissy et de Marly ; ceux de la butte de Gobert ne sont remplis en tout temps qu'avec de l'eau recueillie dans les étangs des environs ; enfin les étangs de Montbauron peuvent recevoir à la fois, mais par des conduites distinctes, de l'eau d'une double provenance : puits et étangs. Par leur situation dominante, par leur capacité relativement grande, les réservoirs de Montbauron sont capables d'assurer le service dans tous les quartiers. Tous les points de la ville, à l'exception de quelques-uns, trop élevés, sont accessibles à l'eau de Montbauron. Nous avons vu que les rares parties de l'agglomération urbaine qui soient au-dessus de la sphère d'action de ces réservoirs sont desservies constamment par les ouvrages des Deux-Moulins ou de Picardie, qui leur envoient uniquement et toute l'année de l'eau de Croissy-Marly.

On se rendra compte du peu d'importance du service d'alimentation directe par l'eau des puits, lorsqu'on saura qu'elle sert seulement à 45 concessions, sur les 2 667 que compte la ville de Versailles ; c'est donc une quantité pour ainsi dire négligeable. Aucune caserne, aucun établissement militaire n'est alimenté spécialement par les puits de Croissy-Marly.

La section des conduites venant directement de la butte de Picardie serait trop étroite pour que ces conduites puissent, à elles seules, suffire à alimenter à la fois tous les quartiers de la ville. C'est pour cela que la majeure partie du contenu du bassin de Picardie se rend à Montbauron, avant d'aboutir aux conduites qui sont à l'origine de la canalisation générale de la ville.

Quant à l'eau des réservoirs de Gobert, son aspect trouble, vaseux, peu engageant, permet aisément de déceler sa présence dans les conduites. Ce n'est que tout à fait exceptionnellement qu'elle sert aux usages domestiques, soit directement, soit après refoulement jusqu'à Montbauron, où elle participe alors au service commun.

Les réservoirs de Montbauron jouent donc un rôle prépondérant dans le service de distribution à l'intérieur de la ville. Toute ou presque toute l'eau consommée en temps ordinaire passe par ces réservoirs et en vient. Non seulement c'est du carré de Montbauron que partent les cinq grosses conduites de $0^m,500$ et de $0^m,325$, qui aboutissent au Château-d'Eau avant de servir aux grands effets d'eau du parc, mais c'est du même endroit que descend la conduite de $0^m,325$, dite de l'hospice, qui va à des concessions et se trouve à l'origine de toute la canalisation en communication avec les précédentes. C'est elle qui, par ses ramifications, parcourt la ville, en se mettant en rapport avec des branchements de différentes dimensions, reliés eux-mêmes aux conduites directes de Picardie et de la butte de Gobert. Il y a ainsi des communications permanentes largement assurées entre les diverses parties du service.

Voici la capacité de chacun des sept réservoirs qui concourent à la distribution nécessaire à tous les besoins de la ville.

| Désignation. | Capacité. |
|---|---|
| Réservoirs des Deux-Moulins : | |
| Réservoirs en zinc................ | $40^{m3},00$ |
| — en ciment............ | $80^{m3},00$ |
| Réservoir de Picardie.............. | $13.143^{m3},992$ |
| Réservoirs de Montbauron : | |
| Réservoir nord................... | $58.704^{m3},272$ |
| — sud.................. | $56.611^{m3},958$ |
| Réservoirs de Gobert : | |
| Réservoir carré................. | $20.475^{m3},851$ |
| — long................. | $26.175^{m3},668$ |
| Total........... | $175.231^{m3},741$ |

On estime que l'approvisionnement constitué dans ces réservoirs suffirait, en temps ordinaire, pour satisfaire pendant vingt jours aux besoins du service : c'est évidemment exagéré.

Il est vrai qu'en réalité, à la capacité des réservoirs précédents s'ajoute celle des bassins des Deux-Portes, dont le contenu, au moins dans la proportion des deux tiers, est destiné à Versailles. On arrive ainsi à un cube total de 467 350 mètres environ, représentant un approvisionnement disponible de quarante jours au maximum, et pour la ville, et pour le parc.

*La canalisation.* — Toutes les conduites de la canalisation de la ville sont établies, on l'a déjà dit, dans des conditions d'étanchéité qui paraissent suffisantes; quand elles laissent perdre de leur contenu, c'est uniquement la conséquence des mouvements de dilatation auxquels n'échappent pas ces tuyaux métalliques. On les trouve enterrés dans le sol à une profondeur variable, mais que l'on peut estimer en moyenne à 1 mètre. Les dimensions des conduites sont également très variables; dans les rues principales, on en voit qui ont $0^m,200$ de diamètre; ailleurs, ce sont seulement des tubes d'un diamètre de $0^m,100$, $0^m,80$, $0^m,70$ et même $0^m,34$.

Tous les branchements des concessionnaires sont en tuyaux de plomb de 20 millimètres de diamètre intérieur et de 6 millimètres d'épaisseur. Quelques-uns, plus importants, ont 40 millimètres; d'autres n'en ont que 7. Dans les casernes, l'adduction est faite par des conduites en fonte de 80 millimètres généralement; la caserne du $5^e$ génie, rue de Satory, possède par exception une canalisation formée par des tuyaux de plomb.

En ville, la pression moyenne atteint 15 mètres : elle est suffisante pour élever presque partout l'eau aux étages supérieurs. La pression maxima est 27 mètres, par exemple à la rue Berthier; le minimum de pression, 1 mètre, correspond aux quelques habitations disséminées sur le plateau de Montbauron.

Le développement total de la canalisation n'est pas inférieur à 75 000 mètres pour Versailles avec Buc et Le Chesnay (1).

Le nombre des branchements s'élève à 2 967, dont 300 pour les services publics et 2 667 affectés à des particuliers.

*Les concessions d'eau.* — Le nombre de ces dernières va sans cesse en augmentant, comme le prouvent les chiffres suivants :

| Années. | Concessions particulières. | | Années. | Concessions particulières. |
|---|---|---|---|---|
| 1888 | 1.982 | | 1894 | 2.430 |
| 1890 | 2.064 | | 1895 | 2.490 |
| 1892 | 2.195 | | 1896 | 2.634 |

La progression du nombre des concessions privées n'est pas spéciale à Versailles; on la constate dans toutes les sections du service, plus accusée peut-être que partout ailleurs dans la région de Saint-Cloud, à Vaucresson, Garches, Sèvres, Ville-d'Avray, etc.

Le développement exagéré du service des concessions a fini par émouvoir l'administration supérieure. Le 27 mai 1896, le ministre des Finances prescrivait d'opposer une fin de non-recevoir absolue à toutes les demandes de concessions qui pourraient se produire, de quelque nature qu'elles soient. Mais cette décision ne tarda pas à être rapportée à cause des réclamations qu'elle avait provoquées. La consommation augmentant, le moment viendra certainement où l'insuffisance des ressources dont se plaignait le Service des eaux avant les abondantes pluies de l'automne 1896 sera de plus en plus manifeste.

En 1896, la consommation a atteint le total de 3 456 162 mètres cubes, avec une moyenne journalière de 9663$^{mq}$,315.

En 1897, du 1$^{er}$ janvier au 12 août (date à laquelle ont été terminées nos recherches), c'est-à-dire en deux cent vingt-quatre jours, la quantité d'eau consom..née en tout correspond

(1) Canalisation du Chesnay: 250 mètres. Alimentation quotidienne: 200 mètres cubes.

à 2142388 mètres cubes, soit par jour une moyenne de 9564$^{m3}$,232.

On voit, d'après cela, que pendant les vingt derniers mois la consommation de chaque jour a atteint en moyenne 9608$^{m3}$,574. Au cours de la période triennale qui a précédé, la moyenne de la consommation était sensiblement inférieure au chiffre qui vient d'être indiqué, elle n'atteignait pas 8600 mètres cubes par jour.

| Années. | Cube de la consommation annuelle. | Cube de la consommation moyenne par jour. |
|---|---|---|
| 1893................ | 3.137.334 | 8.595 |
| 1894................ | 3.036.799 | 8.319 |
| 1895................ | 3.191.196 | 8.753 |
| Moyenne......... | 3.121.776 | 8.552 |

L'accroissement de la consommation est lié à l'augmentation du nombre des concessions privées ; les besoins des autres services ne varient guère. Les abonnements pour services publics, par exemple, restent à peu près stationnaires comme nombre. On en comptait 26 en 1892, 27 en 1893, 25 en 1894, 26 en 1895 et 26 en 1896.

Le chiffre minimum des consommations hebdomadaires, 47807 mètres cubes, constaté du 3 au 10 décembre 1896, donne une moyenne journalière de 6829 mètres cubes seulement.

Le maximum, 105167 mètres cubes, noté en juin et juillet 1897, correspond à une consommation de 15024 mètres cubes par jour.

Voici les moyennes des quantités consommées par saison depuis quatre ans :

| SAISONS. | ANNÉES | | | | | ANNÉE MOYENNE. |
|---|---|---|---|---|---|---|
| | 1893 | 1894 | 1895 | 1896 | 1897 | |
| Printemps.. | 10.308 | 9.288 | 9.177 | 10.647 | 8.133 | 9.510 |
| Eté......... | 11.379 | 9.076 | 11.527 | 10.843 | 11.266 | 10.818 |
| Automne... | 7.887 | 7.775 | 8.370 | 6.012 | » | 7.511 |
| Hiver....... | 5.960 | 7.124 | 5.849 | 7.597 | » | 6.632 |

L'été est comme partout la saison pendant laquelle les besoins en eau potable se présentent avec leur maximum d'intensité. Cependant, sous ce rapport, le printemps ne le cède guère à l'été; l'automne vient après, puis au dernier rang se place l'hiver.

Dans les chiffres de la consommation totale à Versailles sont comprises les quantités nécessaires :

1° Au jeu des grandes eaux et au service des parcs de Versailles et de Trianon, par an 600000 mètres cubes (1);

2° Aux bouches d'arrosage et d'incendie : 60000 mètres cubes;

3° Aux services publics : 164000 mètres cubes.

On évalue à 5 ou 600000 mètres cubes le volume d'eau dépensée par an dans les casernes et établissements militaires, tous alimentés à robinet libre sans redevance aucune.

*Les eaux de Croissy-Marly et la consommation totale.* — Nous devons à M. Vazou communication des chiffres suivants qui concernent uniquement les envois d'eau de Marly sur Versailles :

| Années. | Mètres cubes. | Années. | Mètres cubes. |
|---|---|---|---|
| 1885 | 2.630.000 | 1889 | 1.331.000 |
| 1886 | 888.000 | 1890 | 2.509.000 |
| 1887 | 1.794.000 | 1891 | 2.649.000 |
| 1888 | 1.622.000 | 1892 | 2.620.000 |

De 1885 à 1892 inclusivement, la machine de Marly avait donc refoulé, rien que sur Versailles, 16143000 mètres cubes, soit en moyenne par an 2017875 mètres cubes, par jour 5528 mètres cubes. Cette quantité, évidemment, était insuffisante; il a fallu la compléter par un certain volume prélevé sur les étangs. Nous n'avons pu nous procurer les nombres indiquant dans quelles proportions les étangs ont coopéré pendant cette période à l'alimentation de la ville.

Les conditions étant restées sensiblement les mêmes, les

(1) Le jeu des grandes eaux demande à lui seul chaque fois 8 000 mètres cubes.

choses se passaient sans doute alors comme aujourd'hui. La quantité d'eau qui arrivait des puits de Marly dans les réservoirs de Versailles dépendait du plus ou moins bon fonctionnement de la machine, et surtout des ressources que pouvaient offrir les étangs.

Plus le contenu des étangs est abondant, plus, d'une façon générale, les étangs sont mis à contribution. Après les périodes de grandes pluies, les étangs étant remplis, le service des eaux se contente généralement d'y prendre la majeure partie, sinon la totalité, de l'eau qui est nécessaire à l'alimentation de Versailles. En même temps, on met à profit cette situation pour procéder, à la machine de Marly, aux réparations urgentes. Inversement, en cas de sécheresse, la pénurie d'eau dans les étangs rend nécessaire le fonctionnement intense des roues de Marly ; c'est leur rendement seul, ou à peu près, qui doit suffire alors à assurer tous les besoins. Jusqu'à la fin de la période visée plus haut, c'est l'eau de la Seine, mélangée à l'eau des puits de Marly, qui assurait, avec le concours des étangs, l'alimentation de la ville de Versailles.

Il résulte d'un état que nous avons eu sous les yeux que :

1892. — Les réservoirs des Deux-Portes ont envoyé 2174734 mètres cubes d'eau sur Versailles, 846741 mètres cubes sur Saint-Cloud et 98665 sur Marly et Louveciennes. A cette époque, l'eau contenue dans les réservoirs était composée en grande partie d'eau de Seine et d'une petite quantité d'eau des puits de Marly.

1893. — En 1893, la pollution des eaux de la Seine devenant un obstacle de plus en plus insurmontable à leur emploi, la machine de Marly ne servit guère qu'au refoulement de l'eau des puits de l'établissement hydraulique ; on prit le complément dans les étangs.

La quantité totale d'eau tirée de Marly dans le cours de l'année n'a pas dépassé 987000 mètres cubes, tandis que la consommation de Versailles s'est élevée à 3137334 mètres cubes. Les eaux d'origine différente ont été utilisées pour l'alimentation de la ville dans les proportions suivantes pour 100 parties : eau des étangs, 68,5 environ ; eau des puits, 31,5.

1894. — L'année suivante, les étangs s'étaient desséchés, le service ne fut assuré, du moins à une certaine période, que par l'eau des puits de Marly et par de l'eau de l'Avre, cédée par la Ville de Paris. La dépense occasionnée par la cession de l'eau de l'Avre à Versailles fut de 150 000 francs. C'est à cette époque que commencèrent les travaux qui aboutirent au forage des puits de Croissy. Indépendamment de l'eau de l'Avre, la ville de Versailles a reçu en 1894, 1 856 799 mètres cubes d'eau des étangs et 1 800 000 mètres cubes d'eau des divers puits. La proportion des eaux de chacune de ces deux dernières catégories peut être évaluée ainsi, toujours pour 100 parties : eau des étangs : 62,1 ; eau des puits : 38,9.

1895. — Du 1er janvier au 10 février, soit pendant quarante jours, on n'a rien tiré des étangs, mais du 10 février au 31 mai, c'est-à-dire pendant cent dix jours consécutifs, on a reçu 444 500 mètres cubes, soit en moyenne chaque jour 4 040 mètres cubes. Or, pendant cette période, la consommation était approximativement celle de la moyenne annuelle, soit 8 743 mètres cubes par jour. Le mélange consommé était donc composé de 41,8 p. 100 d'eau des étangs et de 53,2 d'eau des puits.

Du 1er juin 1895 au 30 mars 1896, l'eau des étangs n'a en aucune façon concouru à l'alimentation. Si l'on veut bien se rappeler que l'été de 1895 a été signalé par une sécheresse extrême, qui a amené la mise à sec de tous les étangs des environs de Versailles, ce renseignement ne surprendra personne.

Si la quantité totale d'eau d'étangs reçue dans les réservoirs avait été distribuée toute l'année, au lieu de l'avoir été en cent dix jours seulement, la proportion moyenne annuelle du mélange serait tombée à 15,9 p. 100 pour l'eau des étangs et à 86,1 pour l'eau des puits.

1896. — Plus tard, les étangs se sont remplis bien à propos, puisque le 10 mars, à l'établissement hydraulique de Marly, on était obligé d'arrêter complètement la marche des roues motrices et de procéder aux grosses réparations des appareils élévatoires dont le service avait été surchargé en 1895 pour assurer le service de distribution et constituer l'approvisionnement de réserve.

Du 30 mars au 4 mai, pendant trente-cinq jours, 125 816 mètres cubes d'eau d'étangs furent envoyés dans les réservoirs de la ville ; c'est une moyenne de 3 595 mètres cubes par jour, sur une consommation de 10 409 mètres cubes. La composition du mélange se trouvait approximativement ainsi : eau des étangs, 34,5 p. 100 ; eau des puits, 65,5.

Du 4 mai au 3 novembre, on n'eut pas recours aux étangs, puis survint une deuxième période pendant laquelle la distribution se fit jusqu'à la fin de l'année au moyen d'un mélange d'eau d'étangs et d'eau de puits. En cinquante-quatre jours, les réservoirs reçurent 226 347 mètres cubes, soit 4 192 mètres cubes par jour, en regard d'une consommation quotidienne totale de 8 209 mètres cubes.

Sur 100 parties du mélange distribué on comptait : en eau d'étangs, 51.1, et en eau de puits, 48.9.

Le cube ainsi fourni par les étangs en 1896 a atteint 352 163 mètres cubes. Si ce volume d'eau avait été réparti sur l'année entière, la proportion moyenne du mélange distribué aurait été la suivante : eau des étangs, 11.2 p. 100 ; eau des puits, 88.8.

1897. — Pendant les deux cent vingt-quatre journées qui se sont écoulées du 1er janvier au 12 août, les étangs ont été mis à contribution tous les jours, sauf du 4 janvier au 9 février. Il reste ainsi cent quatre-vingt-neuf jours pendant lesquels on a fait écouler sur les réservoirs de Versailles de l'eau des étangs. Le volume reçu représente un cube de 1 240 560 mètres cubes, chiffre qui donne une moyenne par jour de 6 405 mètres cubes.

Du 1er au 4 janvier, sur 8 505 mètres cubes représentant la consommation totale de chaque jour, 6 826 provenaient des étangs ; la proportion du mélange à cette date était par conséquent la suivante : eau des étangs, 80,3 p. 100 ; eau des puits, 19,7.

Du 9 février au 12 août, la moyenne fournie par les étangs fut, sans interruption aucune, de 6 936 mètres cubes par jour, tandis que la consommation journalière totale était de 10 325 mètres cubes. L'eau consommée pendant ce temps a consisté en un mélange ainsi formé : eau des étangs, 67,1 p. 100 ; eau des puits, 32,9.

Réparti sur toute l'année sans discontinuité, le volume d'eau tirée des étangs aurait contribué à donner au mélange la composition suivante : eau des étangs, 56,5 p. 100 ; eau des puits, 43,5.

En résumé, l'eau que l'on boit à Versailles n'a pas toujours la même origine et par suite la même composition. Les bassins de Montbauron reçoivent tantôt exclusivement l'eau des puits, tantôt un mélange formé de l'eau des puits et de l'eau des étangs. En 1895, un semblable mélange a été utilisé pendant cent dix jours au moins, en 1896 pendant trois mois, et en 1897 il le fut presque en permanence.

Dans le mélange de 12 658 574 mètres cubes consommés du commencement de novembre 1896 au mois d'août 1897, l'eau des étangs est entrée pour 1 404 847 mètres cubes, c'est-à-dire pour plus de moitié, puisque la proportion exacte du mélange se trouve fixée, comme on peut le calculer aisément : à 52,9 p. 100 pour l'eau des étangs et à 47,1 pour l'eau des puits.

Cette proportion, il est à peine besoin de le faire remarquer après tous les détails dans lesquels nous sommes entrés à ce sujet, est excessivement variable. Elle dépend non seulement des quantités différentes de chacun des liquides constituants, mais du renouvellement plus ou moins rapide du contenu des bassins. Ceux-ci ne sont jamais complètement vidés, de sorte que, même longtemps après que tout envoi des étangs a cessé, l'eau qui se trouve dans les réservoirs n'est pas tout à fait débarrassée des dernières traces d'un mélange antérieurement distribué. En réalité, on peut même se demander, étant connue l'organisation du service, si jamais, à un moment quelconque, les réservoirs de Montbauron et les conduites qui en partent sont absolument privés d'eau d'étangs. Enfin, il ne faudrait pas oublier que les mêmes réservoirs pourraient très bien, si la nécessité en était reconnue, ne recevoir, et par conséquent ne distribuer, que de l'eau venant des étangs.

*Analyses bactériologiques.* — Pour notre part, nous avons, depuis nos premières analyses bactériologiques, reconnu que les eaux distribuées en ville par les conduites de canalisation générale se rapprochaient beaucoup plus, et par le nombre des germes qu'elles contiennent et par la nature de ceux-ci, des eaux recueillies à la surface des plateaux que de celles tirées de la masse souterraine de Croissy. Toutes nos analyses ont été faites avec de l'eau provenant du robinet du laboratoire.

*1ʳᵉ analyse.* — 9 décembre 1896. Liquéfaction totale, dès le troisième jour, de la gélatine dans les boîtes de Pétri, ensemencées avec de l'eau diluée seulement au 1/10ᵉ, même liquéfaction au cinquième jour avec de l'eau au 1/100ᵉ. Le contenu jaune verdâtre exhale une odeur infecte. Une dilution au 1/500ᵉ nous a donné des plaques sur lesquelles la numération a été poursuivie jusqu'au huitième jour. Dès lors, pour les analyses de cette eau, nous avons renoncé à des dilutions d'un titre moins élevé.

Nombre de colonies par centimètre cube : 10 500. Présence du *Bacterium coli* en très grande quantité ; celle du bacille d'Eberth n'a pu être décelée.

*2e analyse.* — 16 janvier 1897. — 8 250 colonies. Liquéfaction incomplète au onzième jour. *Bacterium coli* ; pas de bacille d'Eberth.

*3e analyse.* — 20 mars. — 6 250 colonies. La numération est arrêtée le huitième jour par la liquéfaction de la gélatine. Mêmes constatations que dans les deux analyses précédentes au sujet des bacilles pathogènes : absence du bacille d'Eberth ; *colibacille* abondant.

*4e analyse.* — 30 avril. — 5 875 microorganismes par centimètre cube. Liquéfaction retardée jusqu'au douzième jour ; le contenu des plaques liquéfiées exhale alors une odeur repoussante ; même coloration jaune verdâtre. La recherche du bacille d'Eberth reste toujours négative. De nombreuses colonies du *Bacterium coli* ont poussé sur le milieu d'Eisner.

*5e analyse.* — 21 mai. — 8 825 colonies. Dès le septième jour, la liquéfaction du milieu rend la numération impossible. Même odeur, même coloration de la gélatine liquéfiée. Sur l'une des plaques, on isole le *Staphylococcus pyogenes aureus*. *Bacterium coli* toujours abondant ; pas de bacille d'Eberth.

*6e analyse.* — 15 juin. — Nombre de colonies comptées jusqu'au dixième jour : 6 750. Le bacille d'Eberth ne peut être décelé ; nombreuses colonies de *Bacterium coli* ; absence d'autres bacilles pathogènes.

**Conclusions.** — De l'exposé qui précède découlent quelques considérations que nous formulerons de la façon suivante sous forme de conclusions :

I. — Le Service des eaux de Versailles comprend : 1° des eaux de puits ; 2° des eaux d'étangs ; 3° des eaux de sources ; il pourrait, en outre, s'il le fallait, distribuer de l'eau de Seine.

Son domaine, longtemps rattaché à la Couronne, maintenant administré par l'État, embrasse une superficie de plus de 220 000 hectares, répartie en 32 communes, possédant une population d'au moins 125 000 habitants.

Destiné primitivement à contribuer surtout à la magnificence du palais de Versailles et de ses dépendances, il n'était utilisé que secondairement pour subvenir aux besoins divers d'une région peu favorisée sous le rapport des ressources naturelles en eau potable.

Depuis le grand développement qu'a pris le service des concessions privées, les rôles ont un peu changé; ce qui était au premier plan est passé au second.

II. — Jusqu'à ces dernières années, le système hydraulique de Versailles n'avait subi dans son ensemble que des modifications peu importantes, mais la fin de l'année 1893 fut marquée par des tentatives sérieuses faites dans le but de substituer complétement à l'eau de la Seine de l'eau de la nappe souterraine de la presqu'île de Croissy, prise à Bougival et refoulée par la machine de Marly.

Ce travail, utile entre tous, a été poursuivi d'une façon très heureuse, en dépit de difficultés de toute nature, techniques, administratives et financières, par M. l'Ingénieur en chef Berthel, qui depuis neuf ans est chargé de la direction du Service des eaux et s'est constamment appliqué à le transformer.

Captée à une profondeur d'environ 25 mètres au-dessous du niveau habituel de la Seine, la nappe souterraine parait assez abondante pour suffire à l'avenir aux besoins de Versailles et de sa région suburbaine. En l'état actuel et à cause des arrêts fréquents auxquels elle est exposée, par suite des grandes crues ou des fortes gelées, la machine de Marly est impuissante à élever la quantité d'eau qui représente la consommation totale de Versailles et des communes tributaires du service de Marly. Dans une année moyenne, le rendement de la machine est égal à 10600 mètres cubes par jour. Les envois directement faits sur Versailles n'ont pas dépassé une moyenne journalière de 7993 mètres cubes en 1895, 8084 mètres cubes en 1896 et 4160 mètres cubes en 1897, pour la période écoulée du 1er janvier au 12 août inclusivement.

III. — Pour suppléer à l'insuffisance de la machine élévatoire de Marly, on doit fréquemment, pour l'alimentation de la ville, recourir à l'eau des étangs échelonnés de Palaiseau à Rambouillet, sur les plateaux qui s'étendent au sud et à l'ouest de Versailles. Ces étangs ont fourni un cube total de 444 500 mètres cubes en 1895, 125 816 en 1896 et 226 347 en 1897.

L'eau distribuée a donc généralement une double origine. Elle est constituée par un mélange d'eau des puits de Croissy-Marly et d'eau des étangs. La proportion de la première est le plus souvent un peu inférieure à celle de la seconde.

IV. — On trouve encore en ville de l'eau d'une autre origine, c'est celle des sources dites de Colbert, captées au nord en deçà de la forêt de Marly. Le mauvais entretien de cette partie du Domaine des eaux, négligée depuis longtemps, a amené une diminution sensible dans la production, maintenant réduite à 100 mètres cubes par jour environ. L'eau des sources est presque uniquement réservée à l'alimentation de quelques fontaines publiques.

V. — Quant à l'eau de Seine, si elle a cessé, depuis quatre ans bientôt, d'être élevée par la machine de Marly, il est certain qu'un concours de circonstances, en somme facile à réaliser, pourrait contribuer à ce qu'elle fût un jour rendue, au moins à titre exceptionnel.

Pour le moment, il est indiqué de redoubler de surveillance afin d'éviter que des infiltrations du fleuve ne se produisent accidentellement au niveau de la prise d'eau des pompes de la machine et ne contribuent à souiller, dans les canaux-citernes, l'eau des puits destinée à être refoulée par l'action des roues motrices.

VI. — Ces infiltrations seraient d'autant plus fâcheuses que l'eau des puits de Croissy-Marly, comme celle au reste des sources de Colbert, est de bonne qualité.

Mais l'eau des étangs, distribuée concurremment avec les précédentes, devrait être rejetée absolument de la consommation.

C'est un liquide impur chargé d'un nombre considérable de bactéries diverses, y compris plusieurs espèces pathogènes, qui rendent son emploi dangereux notamment pour tous les usages domestiques.

J.-B. FLUTEAU ET G. CARLIER.

Autrefois, du reste, l'usage de l'eau des étangs était réservé au parc de Versailles et aux jardins de Trianon, l'eau des sources et l'eau de la Seine seules concouraient à l'alimentation des habitants.

En se mélangeant à l'eau des puits, l'eau des étangs contribue à souiller les réservoirs et la canalisation de la ville ; elle rend plus que médiocre l'eau partout distribuée, soit chez les habitants, soit dans les casernes et autres établissements militaires de la garnison.

VII. — Nous n'avons pu déceler, dans ce liquide complexe et de composition très variable, la présence, comme à l'étang de Saclay et à Saint-Hubert (1), du bacille d'Eberth, ni celle d'un bacille paratyphique, analogue à celui découvert dans les eaux de l'étang de Saint-Quentin, mais le *colibacille* y pullule, toujours accompagné de nombreuses formes bactériennes liquéfiant rapidement la gélatine et la transformant en liquide jaune verdâtre, dégageant une forte odeur putride.

L'eau des étangs n'est utilisable que pour le service du parc et de Trianon ; les réservoirs de Gobert ne devraient jamais servir à d'autres usages.

VIII. — Après avoir multiplié les recherches, exécuté de nombreux sondages, opéré des travaux d'épuisement dans la presqu'île de Croissy, pour se rendre exactement compte de l'abondance et de l'étendue de la nappe d'eau souterraine, on serait en mesure, si les résultats poursuivis étaient satisfaisants, d'aliéner tous les étangs soit de l'étage supérieur, soit de l'étage inférieur avec le système des rigoles, vidanges et retenues qui les alimentent. La vente de ces immenses terrains, devenus disponibles, dédomma-

(1) Ce résultat est conforme à ceux qu'avait constatés Kraus après des expériences faites à Munich avec l'eau de Mangfall. Introduits dans ce milieu, les bacilles typhiques ne peuvent résister à la concurrence vitale que leur font les bacilles de l'eau. De 55000 au début, les bacilles d'Eberth tombent à 9000 en cinq jours, et à 0 en sept jours, tandis que les bacilles vulgaires s'élèvent de 80 à 288000, puis à 97000. (Voy. *Archiv für Hyg.*, 1887.)

gerait amplement le Service des eaux des frais que nécessiteraient les nouveaux travaux de captage et d'adduction à faire dans la presqu'île de Croissy.

Une meilleure utilisation de la chute d'eau de Bougival, obtenue après la substitution à la machine élévatoire actuelle d'un système perfectionné, capable, pour une égale dépense de forces, de produire un rendement utile plus en rapport avec la consommation de Versailles et de sa région suburbaine, permettra seule de satisfaire à tous les besoins du service.

Le remplacement de la conduite ascendante de Marly, devenue insuffisante, soit comme diamètre, soit comme résistance, lorsque le rendement de la machine hydraulique aura été augmenté, sera la conséquence immédiate de la transformation de cette machine.

Dès maintenant s'impose la réfection plus ou moins complète de l'aqueduc de Picardie, chargé d'amener à Versailles l'eau des puits de Croissy-Marly, exposée dans ce trajet à recevoir des infiltrations de la surface.

On s'est toujours basé, pour arguer de la bonne qualité des eaux de Versailles, sur l'immunité que la ville possède à l'égard des grandes maladies épidémiques. Bien que les relevés annuels des cas de fièvre typhoïde traités à l'hôpital militaire montrent que la dothiénentérie est loin d'être inconnue dans la garnison, il est avéré, en effet, que cette maladie y prend très rarement la forme épidémique 1 .

Il n'est pas impossible que, avant d'être consommées, les eaux de Versailles s'améliorent plus ou moins, d'abord dans leur passage à travers les rigoles et canaux à ciel ouvert, puis dans les réservoirs où elles séjournent toujours un certain temps, exposées à l'air et à la lumière. Cette auto-purification microbienne ne ferait que répondre à des faits d'ordre plus général, bien mis en évidence par les

(1) Nombre des atteintes de fièvre typhoïde traitées à l'hôpital chez des militaires appartenant à la garnison : 1893, 50 cas, 7 décès ; 1894, 13 cas, 3 décès ; 1895, 71 cas, 4 décès ; 1897 (sept premiers mois , 6 cas

résultats de Kraus, ceux de Hafkine sur les infusoires et les
bactéries (1), et les recherches de Hankin (2) sur les eaux du
Gange et de la Jumna, dans l'Inde. Parmi les nombreux
modes d'épuration spontanée des eaux potables, le mouvement du liquide, les actions moléculaires qui se passent
dans l'eau que l'on agite avec des poudres insolubles, du
sable, de l'argile, etc., ou dans laquelle on produit des
coagulums, le rayonnement direct du soleil surtout, sont
les mieux connus. Les études expérimentales de Percy-
Frankland (3), celles de Kruger (4), les mémoires de
P. Frankland et Marshall-Ward (5), le travail de Lœw (6),
les expériences de Buchner (7), de Palermo, de Praustnitz,
jettent quelque lumière sur le mécanisme compliqué qui
préside en général à la destruction des germes de l'eau.
Toutes ces recherches concourent, il est vrai, à établir, en
même temps que la puissance de ce pouvoir destructeur, sa
variabilité et son instabilité. « Dans l'infinie variété des
conditions actuelles, dit M. Duclaux, il y aura toujours des
cas où une espèce plus favorisée que les autres s'installera
et durera, et où, si elle est pathogène, elle créera un foyer
de contagion ou même d'épidémie. Les eaux potables
peuvent toujours être des agents convoyeurs de maladies,
et il est toujours imprudent de compter sur les actions
naturelles pour les rendre inoffensives (8). »

Lorsque, dans la composition d'une eau destinée à servir
aux usages domestiques, il entre un liquide comme celui
que fournissent les étangs des environs de Versailles, cette
eau doit donc être tenue pour mauvaise et n'être absorbée

(1) Hafkine, *Ann. de l'Institut Pasteur*, t. IV, p. 63.
(2) Hankin, *Ann. de l'Institut Pasteur*, t. V, p. 511.
(3) Percy-Frankland, *Proc. of the Roy. Society*, 1895, p. 379.
(4) Kruger, *Zeitschr. für Hyg.*, t. VII, p. 86.
(5) P. Frankland et Marshall-Ward, *Proc. of the Roy. Society.*
t. LIII.
(6) Lœw, *Arch. für Hyg.*, t. XVII, p. 259.
(7) Buchner, *Sitzungsber. d. K. bay. Akad. d. Wiss.*, 1880, II. 3,
p. 382.
(8) Duclaux, *Traité de microbiologie*, 1893, p. 504.

qu'après avoir été stérilisée par un moyen quelconque ou
soumise à un procédé de filtration qui, grâce à certaines
précautions, donne, comme les filtres Chamberland, une
sécurité complète.

Extrait

des *Annales d'hygiène publique et de médecine légale*

Paris, J.-B. Baillière et Fils.

Nᵒˢ de juillet et septembre 1899.

# TABLE DES MATIÈRES




311-99 — CORBEIL. — Imprimerie CRÉTÉ.

# La Médecine en Tableaux synoptiques

## (Collection VILLEROY)

**Pathologie externe et Pathologie interne**, par le D<sup>r</sup> VILLEROY. — **Pathologie générale et Diagnostic**, par le D<sup>r</sup> COUTANCE. — **Thérapeutique**, par le D<sup>r</sup> DURAND.

L'idée de mettre la *Médecine* en *Tableaux synoptiques* a obtenu un grand succès auprès des étudiants comme auprès des praticiens. La collection Villeroy comprend déjà des *Tableaux synoptiques de Pathologie interne*, de *Pathologie externe*, de *Thérapeutique*, de *Pathologie générale* et de *Diagnostic*. (Chaque volume comprenant 200 pages : cartonné, 5 fr.). Aux cinq volumes parus s'ajouteront à bref délai des *Tableaux synoptiques* d'*Anatomie*, de *Médecine opératoire*, d'*Obstétrique* et d'*Hygiène*.

Le but de ces tableaux synoptiques a été de condenser sous le plus petit volume possible la somme des connaissances nécessaires et suffisantes à tout praticien pour lui permettre de porter, sur les affections les plus communes, un diagnostic certain, sans lequel la thérapeutique n'est qu'une vaine chimère. On a surtout cherché à donner beaucoup sous une forme concise, frappant l'œil et l'esprit, de façon à permettre au praticien d'avoir immédiatement une vue d'ensemble de chaque affection, avec son cachet spécial. Aussi l'auteur s'est-il étendu sur les *formes cliniques*, encore plus fréquentes dans la nature que dans les livres, qui peuvent masquer l'élément principal de la maladie, et où la prédominance de tel signe peut faire errer le diagnostic. A côté de la symptomatologie qui constitue la donnée fondamentale de la médecine, l'auteur a donné tous ses soins à ce qui est la sanction de tout bon diagnostic, au *traitement*, qui intéresse surtout le malade, et vers lequel devront tendre tous les efforts du médecin.

Ces tableaux synoptiques seront d'un utile secours aux étudiants, à la veille des examens ou des concours, ainsi qu'aux praticiens dont la mémoire n'est pas infaillible et qui, en thérapeutique surtout, marchent rarement de pair avec l'évolution de la science : ils trouveront signalés dans cet ouvrage les traitements les plus récents, et les bienfaits que la clinique peut retirer des méthodes nouvelles.

Ce livre manquait dans notre littérature médicale ; il vient remplir une lacune signalée depuis longtemps pour le praticien qui n'a pas le loisir de consacrer de longues heures à la recherche du renseignement qu'il désire, et pour l'étudiant qui est obligé de revoir rapidement les matières sur lesquelles doit porter son examen.

Les *Tableaux synoptiques*, avec leurs caractères noirs qui se détachent en saillie, avec leurs accolades multiples qui établissent une hiérarchie dans les divisions et les subdivisions du sujet, se présentent à la vue et à l'esprit avec une netteté et une précision dont l'utilité n'échappera à personne, et qui faciliteront singulièrement la mémoire.

# *Atlas-Manuels de Médecine coloriés*

Cette collection constitue une innovation des plus heureuses comme méthode d'enseignement par les yeux. En publiant ces Atlas en dix langues, on a pu établir des aquarelles irréprochables au point de vue scientifique et artistique, et les reproduire par les procédés les plus perfectionnés. La dépense étant répartie sur 10 éditions, on a pu, tout en employant les procédés les plus coûteux, établir chaque atlas à un prix dix fois inférieur à ce qu'aurait coûté toute publication du même genre isolée.

Les planches sont merveilleuses d'exécution et chaque volume se présente sous une élégante reliure en maroquin souple, tête dorée. La collection comprend actuellement 8 volumes dont nous rappellerons seulement les titres.

---

**Atlas-Manuel de diagnostic clinique**, par C. Jakob. Édition française par le Dr A. Létienne, ancien interne des hôpitaux, et Ed. Cart, lauréat de la Faculté de médecine. 1 vol. in-16 de 378 p. avec 68 pl. col.............. **15 fr.**

**Atlas-Manuel de médecine légale**, par le professeur Hofmann. Édition française par le Dr Vibert, médecin-expert près le tribunal de la Seine. Préface par le professeur P. Brouardel, doyen de la Faculté de médecine de Paris. 1 vol. in-16 de 170 pages avec 56 planches coloriées et 193 figures...... **18 fr.**

**Atlas-Manuel de chirurgie opératoire**, par O. Zuckerkandl. Édition française, par le Dr A. Mouchet, ancien interne des hôpitaux de Paris. 1 volume in-16 de 268 pages, avec 271 figures et 24 planches coloriées. Préface par le Dr Quénu, professeur agrégé à la Faculté de médecine de Paris....... **16 fr.**

**Atlas-Manuel des fractures et luxations**, par le professeur Helferich. Édition française par le Dr P. Delbet, chef de clinique de la Faculté de médecine de Paris. 1 vol. in-16 de 324 pages avec 64 planches coloriées..... **16 fr.**

**Atlas-Manuel d'ophtalmoscopie**, par le professeur Haab. Édition française par le Dr Terson, chef de clinique ophtalmologique à l'Hôtel-Dieu. 1 volume in-16 de 279 pages, avec 64 planches coloriées................... **15 fr.**

**Atlas-Manuel des maladies du larynx**, par Grünwald. Édition française, par le Dr Castex, chargé du cours de laryngologie à la Faculté de médecine de Paris. 1 vol. in-16 de 255 pages, avec 44 planches coloriées........... **14 fr.**

**Atlas-Manuel du système nerveux**, par C. Jakob. Édition française par le Dr Rémond, professeur de clinique des maladies mentales à la Faculté de Toulouse. 1 vol. in-16 de 220 pages, avec 78 planches noires et coloriées... **15 fr.**

**Atlas-Manuel des maladies externes de l'œil**, par le professeur Haab. Édition française par le Dr Terson. 1 vol. in-16 de 284 pages, avec 40 planches coloriées.................................................. **15 fr.**

**Atlas-Manuel des maladies vénériennes**, par le professeur Mracek. Édition française par le Dr Emery, chef de clinique de la Faculté de médecine de Paris. 1 volume in-16 avec 71 planches coloriées.................... **20 fr.**

*L'Atlas-Manuel des maladies vénériennes se compose de deux parties.*

La *première* comprend : 1° cinq chapitres consacrés aux trois périodes classiques de la syphilis, à l'hérédo-syphilis, au traitement général de la syphilis ; 2° deux chapitres où l'auteur traite du chancre mou et de la blennorragie.

La *seconde partie* est consacrée à l'Iconographie. Soixante et onze aquarelles présentent une reproduction fidèle des affections les plus fréquentes et les plus importantes à connaître.

M. Emery a exposé, dans de nombreuses notes additionnelles, les travaux des maîtres de l'École syphilographique française.

Successivement interne et chef de clinique de M. le professeur Fournier à l'hôpital Saint-Louis, il a été autorisé par son maître à puiser dans son enseignement et dans ses ouvrages les éléments de ce manuel dont les élèves et les praticiens apprécieront l'utilité pour la diffusion des doctrines et de la pratique de l'École française.

# Les Actualités Médicales

*Nouvelle collection de vol. in-16 carré de 100 p., avec fig., cart. à 1 fr. 50*
*Chaque volume se vend séparément.*
Souscription à 12 volumes, cartonnés.................. **16 fr.**

Dans les sciences médicales, chaque jour apporte de nouveaux faits, de nouvelles découvertes, de nouveaux traitements. A côté des livres classiques, des traités didactiques de médecine et de chirurgie, qui ne peuvent enregistrer tous les faits nouveaux, il y avait place pour une collection de monographies destinées à exposer les idées nouvelles.

Les *Actualités médicales* ne font double emploi avec aucun livre existant ; elles **complétent tous les traités de médecine et de chirurgie**, en les mettant au courant des progrès des sciences médicales.

**La Radiographie et la Radioscopie cliniques,** par le Dr RÉGNIER, chef du Laboratoire de radiographie à l'hôpital de la Charité. 1 vol. in-16 carré de 100 pages, avec 11 figures, cartonné.......................... **1 fr. 50**

**Les Rayons Röntgen et le diagnostic de la Tuberculose,** par le Dr BÉCLÈRE, médecin de l'hôpital Tenon. 1 v. in-16 carré, 100 p. et 8 fig., cart. **1 fr. 50**

**La Diphtérie.** *Nouvelles recherches bactériologiques et cliniques, prophylaxie et traitement,* par H. BARBIER, médecin des hôpitaux de Paris, et G. ULMANN, interne des hôpitaux. 1 v. in-16 carré de 96 p., avec 7 fig., cart. **1 fr. 50**

**La Grippe,** par L. GALLIARD, médecin de l'hôpital Saint-Antoine. 1 vol. in-16 carré de 100 pages, avec 7 figures, cartonné....................... **1 fr. 50**

**Les Myélites Syphilitiques,** *formes cliniques et traitement,* par le Dr GILLES DE LA TOURETTE, professeur agrégé à la Faculté de médecine de Paris, médecin de l'hôpital Saint-Antoine. 1 vol. in-16 carré de 92 p., cart. **1 fr. 50**

**Les États Neurasthéniques,** *formes cliniques, diagnostic, traitement,* par le Dr GILLES DE LA TOURETTE, professeur agrégé à la Faculté de médecine de Paris, médecin de l'hôpital Saint-Antoine, 1 v. in-16 carré de 92 p., cart. **1 fr. 50**

**Psychologie de l'Instinct sexuel,** par Joanny ROUX, médecin adjoint des asiles d'aliénés de Lyon. 1 vol. in-16 carré de 96 pag., avec fig., cart. **1 fr. 50**

**Les Glycosuries non diabétiques,** par le Dr ROQUE, professeur agrégé à la Faculté de médecine de Lyon. 1 vol. in-16 carré de 100 p., cart... **1 fr. 50**

**Les Régénérations d'organes,** par le Dr P. CARNOT, docteur ès sciences, ancien interne des hôpitaux de Paris. 1 vol.......................... **1 fr. 50**

**Le Tétanos,** par le Dr J. COURMONT et M. DOYON, professeurs agrégés à la Faculté de médecine de Lyon, médecin des hôpitaux. 1 vol......... **1 fr. 50**

**Le Diabète,** par le Dr R. LÉPINE, professeur à la Faculté de médecine de Lyon, médecin des hôpitaux de Lyon. 1 vol.............................. **1 fr. 50**

**Le Goitre exophtalmique,** par le Dr JABOULAY, professeur agrégé à la Faculté de Lyon, chirurgien de l'Hôtel-Dieu de Lyon. 1 vol......... **1 fr. 50**

**Thérapeutique Oculaire,** *nouvelles médications, opérations nouvelles,* par le Dr F. TERRIEN, chef de clinique ophtalmologique de la Faculté de médecine de Paris, 1899. 1 vol. in-16 carré de 95 pages et fig., cart........ **1 fr. 50**

**Les Auto-Intoxications de la grossesse,** par le Dr BOUFFE DE SAINT-BLAISE, accoucheur des hôpitaux de Paris, 1 vol. in-16 carré de 96 pages, cart........................................... **1 fr. 50**

**Le Rhume des foins,** par le Dr GAREL, médecin des hôpitaux de Lyon, 1 vol. in-16 carré de 96 pages, cart............................. **1 fr. 50**

**Diagnostic des maladies de la moelle,** par le Dr GRASSET, professeur à la Faculté de médecine de Montpellier, 1 vol. in-16 carré de 100 pages, cart............................................. **1 fr. 50**

**La Gastrostomie,** par le Dr BRAQUEHAYE, agrégé à la Faculté de médecine de Bordeaux, chirurgien en chef de l'hôpital civil français de Tunis, 1899. 1 vol. in-16 carré, 96 pages et figures, cartonné.......................... **1 fr. 50**

La nouvelle collection des *Actualités médicales* que publient, avec un succès toujours croissant, MM. J.-B. Baillière et fils, est certainement le reflet le plus exact du mouvement médical contemporain en France, aussi bien par le choix judicieux des sujets que par la notoriété des auteurs appelés à collaborer à cette œuvre.